不完满，才自在

季羡林 著

北京联合出版公司
Beijing United Publishing Co.,Ltd.

只 为 优 质 阅 读

在春天里，『莲叶何田田』。
到了夏天，『接天莲叶无穷碧，
映日荷花别样红』。
那将是何等光华烂漫的景色啊。

先仿佛看到满场里乱摊着的谷子，黄黄的。
再看到左右摆动的老牛的头，
飘浮着云烟的田野，屋后银白的一片荻芦。

世界一切美好的东西，
不管是人类，还是鸟兽虫鱼、花草树木，
我们都应该会欣赏，有权利去欣赏。

每天下班或者开会回来，
看到老友在侍弄花，我总是停下脚步，
聊上几句，看一看花。

见了我这个小伙子，

它似乎感到我也是这家的主人，同女主人有点儿什么关系，

因此见到了我并不咬我，有时候还摇摇尾巴，表示亲昵。

书籍是贮存人类代代相传的智慧的宝库。
后一代的人必须读书，
才能继承和发扬前人的智慧。

有问题则设法解决之，有困难则努力克服之，
决不视芝麻绿豆大的窘境如苏迷庐山般大，
也决不毫无原则随遇而安，决不玩世不恭。

此时我怡然自得，其乐陶陶。
我真觉得，人生毕竟是非常可爱的，
大地毕竟是非常可爱的。

目 录

Contents

壹 世间万物，可爱可亲

世界一切美好的东西，不管是人类，还是鸟兽虫鱼、花草树木，我们都应该会欣赏，有权利去欣赏。

贰　不求完满，但求自在

每个人都争取一个完满的人生。然而，自古及今，海内海外，一个百分之百完满的人生是没有的。

叁 随遇而安，不复多虑

如果你考虑正面，又考虑反面之后，再回头来考虑，如此循环往复，最终成为考虑的巨人，行动的侏儒。

肆　糊涂一点，潇洒一点

古人说：“文武之道，一张一弛。”有张无弛不行，有弛无张也不行。张弛结合，斯乃正道。

壹……

世间万物，可爱可亲

世界一切美好的东西，不管是人类，
还是鸟兽虫鱼、花草树木，
我们都应该会欣赏，有权利去欣赏。

马缨花

曾经有很长的一段时间，我孤零零一个人住在一个很深的大院子里。从外面走进去，越走越静，自己的脚步声越听越清楚，仿佛从闹市走向深山。等到脚步声成为空谷足音的时候，我住的地方就到了。

院子不小，都是方砖铺地，三面有走廊。天井里遮满了树枝，走到下面，浓荫匝地，清凉蔽体。从房子的气势来看，从梁柱的粗细来看，依稀还可以看出当年的富贵气象。

这富贵气象是有来源的。在几百年前，这里曾经是明朝的东厂。不知道有多少忧国忧民的志士曾在这里被囚禁过，也不知道有多少人在这里受过苦刑，甚至丧掉性命。据说当年的水牢现在还有迹可寻哩。

等到我住进去的时候，富贵气象早已成为陈迹，但是阴森凄苦的气氛却是原封未动。再加上走廊上陈列的那一些汉代的石棺石椁，古代的刻着篆字和隶字的石碑，我一走回这个院子里，就仿佛进入了古墓。这样的环境，这样的气氛，把我的记忆提到几千年前去；有时候我简直就像是生活在历史里，自己俨然成为古人了。这样的气氛同我当时的心情是相适应的。我一向不相信有什么鬼神，所以我住在这里，也还处之泰然。

但是我也有紧张不泰然的时候。往往在半夜里，我突然听到推门的声音，声音很大，很强烈。我不得不起来看一看。那时候经常停电，我只能在黑暗中摸索着爬起来，摸索着找门，摸索着走出去。院子里一片浓黑，什么东西也看不见。连树影子也仿佛同黑暗粘在一起，一点儿都分辨不出来。我只听到大香椿树上有一阵窸窸窣窣的声音，然后"咪噢"的一声，有两只小电灯似的眼睛从树枝深处对着我闪闪发光。

这样一个地方，对我那些经常来往的朋友来说，是不会引起什么好感的。有几位在白天还有兴致来找我谈谈，他们很怕在黄昏时分走进这个院子。万一有事，不得不来，也一定在大门口向工友再三打听，我是否真在家里，然后才有勇气，跋涉过那一个长长的胡同，走过深深的院子，来到我的屋里。有一次，我出门去了，看门的工友没有看见。一位朋友走到我住的那个院子里，在黄昏的微光中，只见一地树影，满院石棺，我那小窗上却没有灯光。他的腿立刻抖了起来，费了好大力量，才拖着它们走了出去。第二天我们见面时，谈到这一经历，两人相对大笑。

我是不是也有孤寂之感呢？应该说是有的。当时正是"万家墨面没蒿莱"的时代，北京城一片黑暗。白天在学校里的时候，同青年同学在一起，从他们那蓬蓬勃勃的斗争意志和生命活力里，还可以汲取一些力量和快乐，精神十分振奋。但是，一到晚上，当我孤零一人走回这个所谓家的时候，我仿佛遗世而独立。没有人声，没有电灯，没有一点儿活气。在煤油灯的微光中，我只看到自己那高得、大得、黑得惊人的身影在四面的墙壁上晃动，仿佛是有个巨灵来到我的屋内。寂寞像毒蛇偷偷地袭来，折磨着我，使我无所逃于天地之间。

在这样无可奈何的时候，有一天，在傍晚的时候，我从外面一走进那个院子，蓦地闻到一股似浓似淡的香气。我抬头一看，原来是遮满院子的马缨花开花了。在这以前，我知道这些树都是马缨花，但是我却没有十分注意它们。今天它们用自己的香气告诉了我它们的存在。这对我似乎是一件新事。我不由得就站在树下，仰头观望：细碎的叶子密密地搭成了一座天棚，天棚上面是一层粉红色的细丝般的花瓣，远处望去，就像是绿云层上浮上了一团团的红雾。香气就是从这一片绿云里洒下来的，洒满了整个院子，洒满了我的全身，使我仿佛游泳在香海里。

花开也是常有的事，开花有香气更是司空见惯。但是，在这样一个时候，这样一个地方，有这样的花，有这样的香，我就觉得很不寻常；有花香慰我寂寥，我甚至有一些近乎感激的心情了。

从此，我就爱上了马缨花，把它当成了自己的知心朋友。

北京终于解放了。1949年的10月1日给全中国带来了光明与希望，给全世界带来了光明与希望。这一个具有重大意义的日子在我的生命里划上了一道鸿沟，我仿佛重新获得了生命。可惜不久我就搬出了那个院子，同那些可爱的马缨花告别了。

时间也过得真快，到现在，才一转眼的工夫，已经过去了十三年。这十三年是我生命史上最重要、最充实、最有意义的十三年。我看了许多新东西，学习了很多新东西，走了很多新地方。我当然也看了很多奇花异草。我曾在亚洲大陆最南端科摩林海角看到高凌霄汉的巨树上开着大朵的红花；我曾在缅甸的避暑胜地东枝看到开满了小花园的火红照眼的不知名的花朵；我也曾在塔什干看到长得像小树般的玫瑰花。这些花都是异常美妙动人的。

然而使我深深地怀念的却仍然是那些平凡的马缨花，我是多么想见到它们呀！

最近几年来，北京的马缨花似乎多起来了。在公园里，在马路旁边，在大旅馆的前面，在草坪里，都可以看到新栽种的马缨花。细碎的叶子密密地搭成了一座座的天棚，天棚上面是一层粉红色的细丝般的花瓣。远处望去，就像是绿云层上浮上了一团团的红雾。这绿云红雾飘满了北京，衬上红墙、黄瓦，给人民的首都增添了绚丽与芬芳。

我十分高兴，仿佛是见了久别重逢的老友。但是，我却隐隐约约地感觉到，这些马缨花同我回忆中的那些很不相同。叶子仍然是那样的叶子，花也仍然是那样的花；在短短的十几年以内，它绝不会变了种。它们不同之处究竟何在呢？

我最初确实有些困惑，左思右想，只是无法解释。后来，我扩大了我回忆的范围，不把回忆死死地拴在马缨花上面，而是把当时所有同我有关的事物都包括在里面。不管我是怎样喜欢院子里那些马缨花，不管我是怎样爱回忆它们，回忆的范围一扩大，同它们联系在一起的不是黄昏，就是夜雨，否则就是迷离凄苦的梦境。我好像是在那些可爱的马缨花上面从来没有见到哪怕是一点点阳光。

然而，今天摆在我眼前的这些马缨花，却仿佛总是在光天化日之下。即使是在黄昏时候，在深夜里，我看到它们，它们也仿佛是生气勃勃，同浴在阳光里一样。它们仿佛想同灯光竞赛，同明月争辉。同我回忆里那些马缨花比起来，一个是照相的底片，一个是洗好的照片；一个是影，一个是光。影中的马缨花也许是值得留恋的，但是光中的马缨花不是更可爱吗？

我从此就爱上了这光中的马缨花，而且我也爱藏在我心中的这一个光与影的对比。它能告诉我很多事情，带给我无穷无尽的力量，送给我无限的温暖与幸福；它也能促使我前进。我愿意马缨花永远在这光中含笑怒放。

一九六二年十月一日

二月兰

转眼，不知怎样一来，整个燕园竟成了二月兰的天下。

二月兰是一种常见的野花。花朵不大，紫白相间。花形和颜色都没有什么特异之处。如果只有一两棵，在百花丛中，绝不会引起任何人的注意。但是它却以多胜。每到春天，和风一吹拂，便绽开了小花。最初只有一朵、两朵、几朵。但是一转眼，在一夜间，就能变成百朵、千朵、万朵。大有凌驾百花之上的势头了。

我在燕园里已经住了四十多年。最初我并没有特别注意到这种小花。直到前年，也许正是二月兰开花的大年，我蓦地发现，从我住的楼旁小土山开始，走遍了全园，眼光所到之处，无不有二月兰在。宅旁、篱下、林中、山头、土坡、湖边，只要有空隙的地方，都是一团紫气，间以白雾，小花开得淋漓尽致，气势非凡，紫气直冲云霄，连宇宙都仿佛变成紫色的了。

我在迷离恍惚中，忽然发现二月兰爬上了树，有的已经爬上了树顶，有的正在努力攀登，连喘气的声音似乎都能听到。我这一惊可真不小：莫非二月兰真成了精了吗？再定睛一看，原来是二月兰丛中的一些藤萝，也正在开着花，花的颜色同二月兰一模一样，所差的就仅仅缺少那一团白雾。我实在觉得我这个幻觉非常有趣。带着清醒的意识，我仔细观察起来：除了花形之外，颜色真是一般无二。反正我知道了这是两种植物，心里有了底，然而再一转眼，我仍然看到二月兰往枝头爬。这是真的呢，还是幻觉？——由它去吧。

自从意识到二月兰存在以后，一些同二月兰有联系的回忆立即涌上心头。原来很少想到的或根本没有想到的事情，现在想到了；原来认为十分平常的琐事，现在显得十分不平常了。我一下子清晰地意识到，原来这种十分平凡的野花竟在我的生命中占有这样重要的地位。我自己也有点儿吃惊了。

我回忆的丝缕是从楼旁的小土山开始的。这一座小土山，最初毫无惊人之处，只不过二三米高，上面长满了野草。当年歪风狂吹时，每次“打扫卫生”，全楼住的人都被召唤出来拔草，不是“绿化”，而是“黄化”。我每次都在心中暗恨这小山野草之多。后来不知出于什么原因，把山堆高了一两米。这样一来，山就颇有一点儿山势了。东头的苍松、西头的翠柏，都仿佛恢复了青春，一年四季，郁郁葱葱，中间一棵榆树，从树龄来看，只能算是松柏的曾孙，然而也枝干繁茂，高枝直刺入蔚蓝的晴空。

我不记得从什么时候起我注意到小山上的二月兰。这种野花开花大概也有大年小年之别的。碰到小年，只在小山前后稀疏地开上那么几片。遇到大年，则山前山后开成大片，二月兰仿佛发了狂。我们常讲什么什么花“怒放”，这个“怒”字用得真是无比的奇妙。二月兰一“怒”，仿佛从土地深处吸来一股原始力量，一定要把花开遍大千世界，紫气直冲云霄，连宇宙都仿佛变成紫色的了。

东坡的词说：“人有悲欢离合，月有阴晴圆缺，此事古难全。”但是花们好像是没有什么悲欢离合。应该开时，它们就开；该消失时，它们就消失。它们是“纵浪大化中”，一切顺其自然，自己无所谓什么悲与喜。我的二月兰就是这个样子。

然而，人这个万物之灵却偏偏有了感情，有了感情就有了悲欢。这真是多此一举，然而没有法子。人自己多情，又把情移到花，“泪眼问花花不语”，花当然“不语”了。如果花真“语”起来，岂不吓坏了人！这些道理我十分明白。然而我仍然把自己的悲欢挂到了二月兰上。

当年老祖还活着的时候，每到春天二月兰开花的时候，她往往拿一把小铲，带一个黑书包，到成片的二月兰旁青草丛里去搜挖荠菜。只要看到她的身影在二月兰的紫雾里晃动，我就知道在午餐或晚餐的餐桌上必然弥漫着荠菜馄饨的清香。当婉如还活着的时候，她每次回家，只要二月兰正在开花，她离开时，总穿过左手是二月兰的紫雾，右手是湖畔垂柳的绿烟，匆匆忙忙走去，把我的目光一直带到湖对岸的拐弯处。当小保姆杨莹还在我家时，她也同小山和二月兰结上了缘。我曾套宋词写过的三句话："午静携侣寻野菜，黄昏抱猫向夕阳，当时只道是寻常。"我的小猫虎子和咪咪还在世的时候，我也往往在二月兰丛里看到它们：一黑一白，在紫色中格外显眼。

所有这些琐事都是寻常到不能再寻常了。然而，曾几何时，到了今天，老祖和婉如已经永远永远地离开了我们，小莹也回了山东老家。至于虎子和咪咪，也各自遵循猫的规律，不知钻到了燕园中哪一个幽暗的角落里，等待死亡的到来。老祖和婉如的走，把我的心都带走了。虎子和咪咪，我也忆念难忘。如今，天地虽宽，阳光虽照样普照，我却感到无边的寂寥与凄凉。回忆这些往事，如云如烟，原来是近在眼前，如今却如蓬莱灵山，可望而不可即了。

对于我这样的心情和我的一切遭遇，我的二月兰一点儿也无动于衷，照样自己开花。今年又是二月兰开花的大年。在校园里，眼光所到之处，无不有二月兰在。宅旁、篱下、林中、山头、土坡、湖边，只要有空隙的地方，都是一团紫气，间以白雾，小花开得淋漓尽致，气势非凡，紫气直冲霄汉，连宇宙都仿佛变成紫色的了。

这一切都告诉我，二月兰是不会变的，世事沧桑，于它如浮云。然而我却是在变的，月月变、年年变。我想以不变应万变，然而办不到。我想学习二月兰，然而办不到。不但如此，它还硬把我的记忆牵回到我一生最倒霉的时候。在"十年浩劫"中，我自己跳出来反对北大那一位“老佛爷”，被抄家，被打成了“反革命”。正是在二月兰开花的时候，我被管制劳动改造。有很长一段时间，我每天到一个地方去捡破砖碎瓦，还随时准备着被红卫兵押解到什么地方去批斗，坐喷气式，还要挨上一顿揍，打得鼻青脸肿。可是在砖瓦缝里二月兰依然开放，怡然自得，笑对春风，好像是在嘲笑我。

我当时日子实在非常难过。我知道正义是在自己手中，可是，是非颠倒，人妖难分，我呼天天不应，叫地地不答，一腔义愤，满腹委屈，毫无人生之趣。在很长一段时间内，我成了“不可接触者”，几年没接到过一封信，很少有人敢同我打个招呼。我虽处人世，实为异类。

然而我一回到家里，老祖、德华她们，在每人每月只能得到“恩赐”十几元钱生活费的情况下，殚思竭虑，弄一点儿好吃的东西，希望能给我增加点儿营养；更重要的恐怕还是希望能给我增添点儿生趣。婉如和延宗也尽可能地多回家来。我的小猫憨态可掬，偎依在我的身旁。它们不懂哲学，分不清两类不同性质的矛盾。人视我为异类，它们视我为好友，从来没有表态，要同我划清界限。所有这一些极其平常的琐事，都给我带来了无量的安慰。窗外尽管千里冰封，室内却是暖气融融。我觉得，在世态炎凉中，还有不炎凉者在。这一点儿暖气支撑着我，走过了人生最艰难的一段路，没有堕入深涧，一直到今天。

我感觉到悲，又感觉到欢。

到了今天，天运转动，否极泰来，不知怎么一来，我一下子成为“极可接触者”，到处听到的是美好的言辞，到处见到的是和悦的笑容。我从内心里感激我这些新老朋友，他们绝对是真诚的。他们鼓励了我，他们启发了我。然而，一回到家里，虽然德华还在，延宗还在，可我的老祖到哪里去了呢？我的婉如到哪里去了呢？还有我的虎子和咪咪到哪里去了呢？世界虽照样朗朗，阳光虽照样明媚，我却感觉异样的寂寞与凄凉。

我感觉到欢，又感觉到悲。

我年届耄耋，前面的路有限了。几年前，我写过一篇短文，叫《老猫》，意思很简明，我一生有个特点：不愿意麻烦人。了解我的人都承认。难道到了人生最后一段路上我就要改变这个特点吗？不，不，不想改变。我真想学一学老猫，到了大限来临时，钻到一个幽暗的角落里，一个人悄悄地离开人世。

这话又扯远了。我并不认为眼前就有制订行动计划的必要。我还有很多事情要做，而且我的健康情况也允许我去做。有一位青年朋友说我忘记了自己的年龄。这话极有道理。可我并没有全忘。有一个问题我还想弄弄清楚哩。按说我早已到了“悲欢离合总无情”的年龄，应该超脱一点儿了。然而在离开这个世界以前，我还有一件心事：我想弄清楚，什么叫“悲”？什么又叫“欢”？是我成为“不可接触者”时悲呢，还是成为“极可接触者”时欢？如果没有老祖和婉如的逝世，这问题本来是一清二白的，现在却是悲欢难以分辨了。我想得到答复。我走上了每天必登临几次的小山，我问苍松，苍松不语；我问翠柏，翠柏不答。我问三十多年来目睹我这些悲欢离合的二月兰，它也沉默不语，兀自万朵怒放，笑对春风，紫气直冲霄汉。

一九九三年六月十一日写完

美人松

我看过黄山松，我看过泰山松，我也看过华山松。自以为天下之松尽收眼中矣。现在到了延边，却忽然从地里冒出来了一个美人松。

我年虽老迈，而见识实短。根据我学习过的美学概念，松树雄奇伟岸，刚劲粗犷，铁根盘地，虬枝撑天，应该归入阳刚之美。而美人则娇柔妩媚，婀娜多姿，应该归入阴柔之美。顾名思义，美人松是把这两种美结合起来的。两种截然相反的东西，竟能结合在一起，这将是一种什么样子呢?

我就这样怀着满腹疑团，登上了驶往长白山去的汽车。一路之上，我急不可待，频频向本地的朋友发问：什么是美人松呀?美人松是什么样子呀?路旁的哪一棵树是美人松呀?我好像已经返老还童，倒转回去了七十年，成了一个充满了好奇心的顽童。

汽车驶出延吉已经一百七十多公里，我们停下休息，在此午餐。这个地方叫二道白河，是一个不大的小镇。完全出我意料，在我们的餐馆对面，只隔着一条马路，有一小片树林，四周用铁栏围住，足见身份特异。我一打听，司机师傅漫应之曰：“这就是美人松林，是全国，当然也就是全世界唯一的一片美人松聚族而居的地方，是全国的保护重点区。”他是“司空见惯浑无事”，而我则瞪大了眼睛，惊诧不已：原来这就是美人松呀！

我的疲意和饿意，顿时一扫而空。我走近了铁栏杆，把全身的神经都集中到了双眼上，原来已经昏花的老眼蓦地明亮起来，真仿佛能洞见秋毫。我看到眼前一片不大的美人松林，棵棵树的树干都是又细又长，一点儿也没有平常松树树干上那种鳞甲般的粗皮，有的只是柔腻细嫩的没有一点儿疙瘩的皮，而且颜色还是粉红色的，真有点儿像二八妙龄女郎的腰肢，纤细苗条，婀娜多姿。每一棵树的树干都很高，仿佛都拼着命往上猛长，直刺白云青天。可是高高耸立在半空里的树顶，叶子都是不折不扣的松树的针叶，也都像钢丝一般，坚硬挺拔。这样一来，树干与树顶的对比显然极不调和。棵棵都仿佛成了戴着钢盔，手执长矛，亭亭玉立的美女，既刚劲，又柔弱；既挺拔，又婀娜，简直是人间奇迹，是天上神话，是童话中的侠女，是净土乐园中的媲婳将军……我瞪大了眼睛，失神落魄，不知瞅了多久。我瞠目结舌，似乎要喘不过气来了。

因为我看到这些树实在都非常年轻。问了一下本地的主人，主人说：这些树有的是一二百年，有的三四百年，有的年龄更老，老到说不出年代。反正几十年来，他们看到这里的美人松总是一个样子，似乎她们真是长生多术，还童有方。他们天天坐对美人松，虽然也觉得奇怪，但毕竟习以为常。但是，对我这样初来乍到的人来说，却只有惊诧了。

美人松既然这样神奇，极富于幻想力的当地老百姓中，就流传起来了一段民间传说：当年，在抗日战争最艰苦的时期，杨靖宇将军率领着抗日联军，与顽敌周旋在长白山深山密林中。在一次战略转移中，一位女护士背着一个伤病员，来到了一片苍秀挺拔的松树林中，不幸与敌人遭遇。敌我人数悬殊，护士急中生智，把伤病员藏在一个杂树荫蔽的石洞中，自己则向相反的方向跑去。敌人把她包围起来，她躲在一棵松树后面，向敌人射击。敌人一个个在她的神枪之下倒地身亡。最后她的子弹打光了，自己也受伤流血。她倚在一棵高耸笔直的松树后面，流尽了自己最后一滴血。从此以后血染的松树树干就变成了粉红色……

这个传说难道不是十分壮烈又异常优美吗？难道还不能剧烈地拨动每一个人的心弦吗？

然而对一个稍微细心的人来说，其中的矛盾却是太显而易见了。美人松的粉红色的树皮，百年、千年、万年以前，早已成为定局。哪里可能是在五六十年前才变成了红色的呢？编这一段故事的老百姓的心情，是完全可以理解的。我也宁愿相信这个民间传说。但是，我在上面提到的那个不大不小的矛盾，实在是太明显了，即使相信了，心也难安，而理也难得。

我苦思苦想，排解不开，在恍惚迷离中，时间忽然倒转回去了数千年，数万年，说不清多少年。我进入了一场幻觉，看到了长白山下百里松海的大大小小的、老老少少的松树们聚集在一起开会。一棵万年古松当了主席，议题只有一个，就是向长白山土地抗议：为什么他们这一批顶撑青天碧染宇宙的松树，只能在长白山脚下生长，连半山都不允许去呢？这未免太不公平，太不合理了。于是悻悻然，愤愤然，群情激昂，决议立即上山。数百万棵松树，形成大军，以排山倒海之势，所向无前之威，棵棵奋勇登山，一时喧声直达三十三天。此时山神土地勃然大怒，咒起了狂风暴雨，打向松树大军。大军不敌，顷刻溃败，弃甲曳兵，逃回山下。从此乐天知命，安居乐业，莽莽苍苍，百里松海，一直绿到今天。

众松中的美人松，除了登山泄愤的目的以外，还有一点儿个人的打算。她们同天池龙宫的三太子据说是有宿缘的。她们乘此机会，奋勇登山，想一结秦晋之好，实现万年宿缘。然而，众松溃退，她们哪里有力量只身挺住呢？于是紧随众松，退到山下，有几棵跑得慢的，就留在了长白山下百里松海之中，错杂地住在那里。树数不多但却占全部美人松大部分的，一气跑了下去，跑到了离开长白山已经一百多公里的二道白河，煞住了脚，住在这里。她们又急、又气、又惭、又怒，身子一下子就变成了粉红色……

我正处在幻觉中，猛然有一阵清风拂过美人松林，簌簌作响，我立即惊醒过来。睁眼望着这一些真正把阴柔之美与阳刚之美融合得天衣无缝的秀丽苗条的美人松，不知道应该作何感想。美人松在风中点着头，仿佛对我微笑。

一九九二年七月三十日草稿写于延吉
一九九二年八月九日定稿于北京燕园

老猫

老猫虎子蜷曲在玻璃窗外窗台上一个角落里，缩着脖子，眯着眼睛，浑身一片寂寞、凄清、孤独、无助的神情。

外面正下着小雨，雨丝一缕一缕地向下飘落，像是珍珠帘子。时令虽已是初秋，但是隔着雨帘，还能看到紧靠窗子的小土山上丛草依然碧绿，毫无要变黄的样子。在万绿丛中赫然露出一朵鲜艳的红花。古诗“万绿丛中一点红”，大概就是这般光景吧。这一朵小花如火似燃，照亮了浑茫的雨天。

我从小就喜爱小动物，同小动物在一起，别有一番滋味。它们天真无邪，率性而行；有吃抢吃，有喝抢喝；不会说谎，不会推诿；受到惩罚，忍痛挨打；一转眼间，照偷不误。同它们在一起，我心里感到怡然、坦然、安然、欣然。不像同人在一起那样，应对进退，谨小慎微，斟酌词句，保持距离，感到异常的别扭。

十四年前，我养的第一只猫，就是这个虎子。它刚到我家来的时候，比老鼠大不了多少。蜷曲在窄狭的窗台上，活动的空间好像富富有余。它并没有什么特点，只是一只最平常的狸猫，身上有虎皮斑纹，颜色不黑不黄，并不美观。但是它异于常猫的地方也有。它有两只炯炯有神的眼睛，两眼一睁，还真虎虎有虎气，因此起名叫虎子。它脾气也确实暴烈如虎。它从来不怕任何人。谁要想打它，不管是用鸡毛掸子，还是用竹竿，它从不回避，而是向前进攻，声色俱厉。得罪过它的人，它永世不忘。我的外孙打过它一次，从此结仇。只要他到我家来，隔着玻璃窗子，一见人影，它就做好准备，向前进攻，爪牙并举，吼声震耳。他没有办法，在家中走动，都要手持竹竿，以防万一，否则寸步难行。有一次，一位老同志来看我，他显然是非常喜欢猫的。一见虎子，嘴里连声说着："我身上有猫味，猫不会咬我的。"他伸手想去抚摩它，可万没有想到，我们的虎子不懂什么猫味，回头就是一口。这位老同志大惊失色。总之，到了后来，虎子无人不咬，只有我们家三个主人除外，它的"咬声"颇能耸人听闻了。

但是，要说这就是虎子的全面，那也是不正确的。除了暴烈咬人以外，它还有另外一面，这就是温柔敦厚的一面。我举一个小例子。虎子来我们家以后的第三年，我又要了一只小猫。这是一只混种的波斯猫，浑身雪白，毛很长，但在额头上有一小片黑黄相间的花纹。我们家人管这只猫叫洋猫，起名咪咪；虎子则被尊为土猫。这只猫的脾气同虎子完全相反：胆小、怕人，从来没有咬过人。只有在外面跑的时候，才露出一点儿野性。它只要有机会溜出大门，但见它长毛尾巴一摆，像一溜烟似的立即蹿入小山的树丛中，半天不回家。这两只猫并没有血缘关系。但是，不知道是出于什么原因，一进门，虎子就把咪咪看作是自己的亲生女儿。它自己本来没有什么奶，却坚决要给咪咪喂奶，把咪咪搂在怀里，让它咂自己的干奶头，它眯着眼睛，仿佛在享着天福。我在吃饭的时候，有时丢点儿鸡头骨、鱼刺，这等于猫们的燕窝、鱼翅。但是，虎子却只蹲在旁边，瞅着咪咪一只猫吃，从来不同它争食。有时还“咪噢”上两声，好像是在说：“吃吧，孩子！安安静静地吃吧！”有时候，不管是春夏还是秋冬，虎子会从西边的小山上逮一些小动物，麻雀、蚱蜢、蝉、蛐蛐之类，用嘴叼着，蹲在家门口，嘴里发出一种怪声。这是猫语，屋里的咪咪，不管是睡还是醒，耸耳一听，立即跑到门后，馋涎欲滴，等着吃母亲带来的佳肴，大快朵颐。我们家人看到这样母子亲爱的情景，都由衷地感动，一致把虎子称作“义猫”。有一年，小咪咪生了两个小猫。大概是初做母亲，没有经验，正如我们圣人所说的那样：“未有学养子而后嫁者也。”养子，人们能很快学会，而猫们则不行。咪咪丢下小猫不管，虎子却大忙特忙起来，觉不睡，饭不吃，日日夜夜把小猫搂在怀里。但小猫是要吃奶的，而奶正是虎子所缺的。于是小猫暴躁不安，虎子眉头一皱，计上心来，叼起小猫，到处追着咪咪，要它给小猫喂奶，还真像一个姥姥样子。但是小咪咪并不领情，依旧不给小猫喂奶。有几天的时间，虎子不吃不喝，瞪着两只闪闪发光的眼睛，嘴里叼着小猫，从这屋赶到那屋，一转眼又赶了回来。小猫大概真是受不了啦，便辞别了这个世界。

我看了这一出猫家庭里的悲剧又是喜剧，实在是爱莫能助，惋惜了很久。

我同虎子和咪咪都有深厚的感情。每天晚上，它们俩抢着到我床上去睡觉。在冬天，我在棉被上面特别铺上了一块布，供它们躺卧。我有时候半夜里醒来，神志一清醒，觉得有什么东西重重地压在我身上，一股暖气仿佛透过了两层棉被，扑到我的双腿上。我知道，小猫睡得正香，即使我的双腿由于僵卧时间过久，又酸又痛，但我总是强忍着，决不动一动双腿，免得惊了小猫的轻梦。它此时也许正梦着捉住了一只耗子。只要我的腿一动，它这耗子就吃不成了，岂非大煞风景吗？

这样过了几年，小咪咪有八九岁了。虎子比它大三岁，十一二岁的光景。依然威风凛凛，脾气暴烈如故，见人就咬，大有死不改悔的神气。而小咪咪则出我意料地露出了下世的光景，常常到处小便，桌子上、椅子上、沙发上，无处不便。如果到医院里去检查的话，大夫在列举的病情中一定会有这一条的：小便失禁。最让我心烦的是，它偏偏看上了我桌子上的稿纸。我正写着什么文章，然而它却根本不管这一套，跳上去，屁股往下一蹲，一泡猫尿流在上面，还闪着微弱的光。说我不急，那不是真的，我心里真急。但是，我谨遵我的一条戒律：决不打小猫一掌，在任何情况之下，也不打它。此时，我赶快把稿纸拿起来，抖掉上面的猫尿，等它自己干。心里又好气，又好笑，真是哭笑不得。家人对我的嘲笑，我置若罔闻，“全等秋风过耳边”。

我不信任何宗教，也不皈依任何神灵。但是，此时我却有点儿想迷信一下。我期望会有奇迹出现，让咪咪的病情好转。可世界上是没有什么奇迹的，咪咪的病一天一天地严重起来。它不想回家，喜欢在房外荷塘边上石头缝里待着，或者藏在小山的树木丛里。它再也不在夜里睡在我的被子上了。每当我半夜里醒来，觉得棉被上轻飘飘的，我惘然若有所失，甚至有点儿悲伤了。我每天凌晨起来，第一件事情就是拿着手电到房外塘边山上去找咪咪。它浑身雪白，是很容易找到的。在薄暗中，我眼前白白地一闪，我就知道是咪咪。见了我，“咪噢”一声，起身向我走来。我把它抱回家，给它东西吃，它似乎根本没有口味。我看了直想流泪。有一次我拖着疲惫的身子，走几里路，到海淀的肉店里去买猪肝和牛肉。拿回来，喂给咪咪，它一闻，似乎有点儿想吃的样子，但肉一沾唇，它立即又把头缩回去，闭上眼睛，不闻不问了。

有一天傍晚，我看咪咪神情很不妙，预感要发生什么事情。我唤它，它不肯进屋。我把它抱到篱笆以内，窗台下面。我端来两只碗，一只盛吃的，一只盛水。我拍了拍它的脑袋，它偎依着我，“咪噢”叫了两声，便闭上了眼睛。我放心进屋睡觉。第二天凌晨，我一睁眼，三步并作一步，手里拿着手电，到外面去看。哎呀不好！两碗全在，猫影顿杳。我心里非常难过，说不出是什么滋味。我手持手电找遍了塘边、山上、树后、草丛、深沟、石缝。有时候，眼前白光一闪。“是咪咪！”我狂喜。走近一看，是一张白纸。我嗒然若丧，心头仿佛被挖掉了点儿什么。“屋前屋后搜之遍，几处茫茫皆不见。”从此我就失掉了咪咪，它从我的生命中消逝了，永远永远地消逝了。我简直像是失掉了一个好友，一个亲人。至今回想起来，我内心里还颤抖不止。

在我心情最沉重的时候，有一些通达世事的好心人告诉我，猫们有一种特殊的本领，能知道自己什么时候寿终。到了此时此刻，它们决不待在主人家里，让主人看到死猫，感到心烦，或感到悲伤。它们总是逃了出去，到一个最僻静、最难找的角落里、地沟里、山洞里、树丛里，等候最后时刻的到来。因此，养猫的人大都在家里看不见死猫的尸体。只要自己的猫老了、病了，出去几天不回来，他们就知道，它已经离开了人世，不让举行遗体告别的仪式，永远永远不再回来了。

我听了以后，憬然若有所悟。我不是哲学家，也不是宗教家，但却读过不少哲学家和宗教家谈论生死大事的文章。这些文章多半有非常精辟的见解，闪耀着智慧的光芒，我也想努力从中学习一些有关生死的真理。结果却是毫无所得。那些文章中，除了说教以外，几乎没有什么有用的东西。大半都是老生常谈，不能解决什么实际问题，没能给我留下深刻的印象。现在看来，倒是猫们临终时的所作所为，即使仅仅是出于本能吧，却给了我很大的启发。人们难道就不应该向猫们学习这一点经验吗？有生必有死，这是自然规律，谁都逃不过。中国历史上赫赫有名的人物，秦皇、汉武，还有唐宗，想方设法，千方百计，想求长生不老。到头来仍然是竹篮子打水一场空，只落得黄土一抔，“西风残照汉家陵阙”，我辈平民百姓又何必煞费苦心呢？一个人早死几个小时，或者晚死几个小时，甚至几天，实在是无所谓的小事，绝影响不了地球的转动，社会的前进。再退一步想，现在有些思想开明的人士，不想长生不老，不想在大地上再留黄土一抔，甚至开明到不要遗体告别，不要开追悼会。但是仍会给后人留下一些麻烦：登报，发讣告，还要打电话四处通知，总得忙上一阵。何不学一学猫们呢？它们这样处理生死大事，干得何等干净利索呀！一点儿痕迹也不留，走了，走了，永远地走了，让这花花世界的人们不见猫尸，用不着落泪，照旧做着花花世界的梦。

我忽然联想到我多次看过的敦煌壁画上的西方净土变。所谓“净土”，指的就是我们常说的天堂、乐园，是许多宗教信徒烧香念佛，查经祷告，甚至实行苦行，折磨自己，梦寐以求想到达的地方。据说在那里可以享受天福，得到人世间万万得不到的快乐。我看了壁画上画的房子、街道、树木、花草，以及大人、小孩，林林总总，觉得十分热闹。可我觉得没有什么出奇之处。只有一件事给我留下了永不磨灭的印象，那就是，那里的人们都是笑口常开，没有一个人愁眉苦脸，他们的日子大概过得都很惬意。不像在我们人间有这样许多不如意的事情，有时候办点儿事，还要找后门，钻空子。在他们的商店里——净土里面还实行市场经济吗？他们还用得着商店吗？——售货员大概都很和气，不给人白眼，不训斥“上帝”，不扎堆闲侃，不给人钉子碰。这样的天堂乐园，我也真是心向往之的。但是给我印象最深，使我最为吃惊或者羡慕的还是他们对待要死的人的态度。那里的人，大概同人世间的猫们差不多，能预先知道自己寿终的时刻。到了此时，要死的老嬷嬷或者老头，健步如飞地走在前面，身后簇拥着自己的子子孙孙、至亲好友，个个喜笑颜开，全无悲戚的神态，仿佛是去参加什么喜事一般，一直把老人送进坟墓。后事如何，壁画不是电影，是不能动的。然而画到这个程度，以后的事尽在不言中。如果一定要画上填土封坟，反而似乎是多此一举了。我觉得，净土中的人们给我们人类争了光。他们这一手比猫们又漂亮多了。知道必死，而又兴高采烈，多么豁达！多么聪明！猫们能做得到吗？这证明，净土里的人们真正参透了人生奥秘，真正参透了自然规律。人为万物之灵，他们为我们人类在同猫们对比之下真真增了光！真不愧是净土！

上面我胡思乱想得太远了，还是回到我们人世间来吧。我坦白承认，我对人生的奥秘参透得还不够，我对自然规律参透得也还不够，我仍然十分怀念我的咪咪。我心里仿佛有一个空白，非填起来不行。我一定要找一只同咪咪一模一样的白色波斯猫。后来果然朋友又送来了一只，浑身长毛，洁白如雪，两只眼睛全是绿的，亮晶晶像两块绿宝石。为了纪念死去的咪咪，我仍然为它命名“咪咪”，见了它，就像见到老咪咪一样。过了大约又有一年的光景，友人又送了我一只据说是纯种的波斯猫，两只眼睛颜色不同，一黄一蓝。在太阳光下，黄的特别黄，蓝的特别蓝，像两颗黄蓝宝石，闪闪发光，竞妍争艳。这只猫特别调皮，简直是胆大无边，然而也因此就更特别可爱。这一下子又忙坏了虎子，它认为这两只小猫都是自己的亲生女儿，硬逼着它们吮吸自己那干瘪的奶头。只要它走出去，不知在什么地方弄到了小鸟、蚱蜢之类，就带回家来，给两只小猫吃。好久没有听到的“咪噢”唤小猫的声音，现在又听到了，我心里漾起了一丝丝甜意。这大大地减轻了我对老咪咪的怀念。

可是岁月不饶人，也不会饶猫的。这一只“土猫”虎子已经活到十四岁。据通达世情的人们说，猫的十四岁，就等于人的八九十岁。这样一来，我自己不是成了虎子的同龄“人”了吗？这个虎子却也真怪。有时候，颇现出一些老相。两只炯炯有神的眼睛里忽然被一层薄膜蒙了起来，嘴里流出了哈喇子，胡子上都沾得亮晶晶的。不大想往屋里来，日日夜夜趴在阳台上蜂窝煤堆上，不吃，不喝。我有了老咪咪的经验，知道它快不行了。我也跑到海淀，去买来牛肉和猪肝，想让它不要饿着肚子离开这个世界，我随时准备着：第二天早晨一睁眼，虎子不见了。结果虎子并没有这样干。我天天凌晨第一件事就是来看虎子，隔着窗子，依然黑糊糊的一团，卧在那里。我心里感到安慰。有时候，它也起来走动。我在本文开头时写的就是去年深秋一个下雨天我隔窗看到的虎子的情况。

到了今天，半年又过去了。虎子不但没有走，而且顽健胜昔，仍然是天天出去。有时候在晚上，窗外的布帘子的一角蓦地被掀了起来，一个丑角似的三花脸一闪。我便知道，这是虎子回来了，连忙开门，放它进来。大概同某一些老年人一样——不是所有的老年人——到了暮年就改恶向善，虎子的脾气大大地改变了，几乎再也不咬人了。我早晨摸黑起床，写作看书累了，常常到门外湖边山下去走一走。此时，我冷不防脚下忽然踢着了一团软乎乎的东西，这是虎子。它在夜里不知道在什么地方待了一夜，现在看到了我，一下子蹿了出来，用身子蹭我的腿，在我身前和身后转悠。它跟着我，亦步亦趋，我走到哪里，它就跟到哪里，寸步不离。我有时故意爬上小山，以为它不会跟来了，然而一回头，虎子正跟在身后。猫是从来不跟人散步的，只有狗才这样干。有时候碰到过路的人，他们见了这情景，都大为吃惊。“你看猫跟着主人散步哩！”他们说，露出满脸惊奇的神色。最近一个时期，虎子似乎更精力旺盛了。它返老还童了。有时候竟带一个它重孙辈的小公猫到我们家阳台上来。“今夜我们相识”，虎子用不着介绍就相识了。看样子，虎子一去不复返的日子遥遥无期了。我成了拥有三只猫的家庭的主人。

我养了十几年猫，前后共有四只。猫们向人们学习什么，我不通猫语，无法询问。我作为一个人却确实向猫学习了一些有用的东西。上面讲过的处理死亡的办法，就是一个例子。我自己毕竟年纪已经很大了，常常想到死的问题，鲁迅五十多岁就想到了，我真是瞠乎后矣。人生必有死，这是无法抗御的。而且我还认为，死也是好事情。如果世界上的人都不死，连我们的轩辕老祖和孔老夫子今天依然峨冠博带，坐着奔驰车，到天安门去遛弯儿，你想人类世界会成一个什么样子！人是百代的过客，总是要走过去的，这绝不会影响地球的转动和人类社会的进步。每一代人都只是一场没有终点的长途接力赛的一环。前不见古人，后不见来者，是宇宙常规。人老了要死，像在净土里那样，应该算是一件喜事。老人跑完了自己的一棒，把棒交给后人，自己要休息了，这是正常的。不管快慢，他们总算跑完了一棒，总算对人类的进步做出了贡献，总算尽上了自己的天职。年老了要退休，这是身体精神状况所决定的，不是哪个人能改变的。老人们会不会感到寂寞呢？我认为，会的。但是我却觉得，这寂寞是顺乎自然的，从伦理的高度来看，甚至是应该的。我始终主张，老年人应该为青年人活着，而不是相反。青年人有接力棒在手，世界是他们的，未来是他们的，希望是他们的。吾辈老年人的天职是尽上自己仅存的精力，帮助他们前进，必要时要躺在地上，让他们踏着自己的躯体前进、前进。如果由于害怕寂寞而学习《红楼梦》里的贾母，让一家人都围着自己转，这不但是办不到的，而且从人类前途利益来看是犯罪的行为。我说这些话，也许有人怀疑，我是不是碰到了什么不如意的事，才说出这样令某些人骇怪的话来。不，不，绝不。我现在身体顽健，家庭和睦，在社会上广有朋友，每天照样读书、写作、会客、开会不辍。我没有不如意的事情，也没有感到寂寞。不过自己毕竟已逾耄耋之年，面前的路有限了，不免有时候胡思乱想。而且，我同猫们相处久了，觉得它们有些东西确实值得我们学习，我们这些万物之灵应该屈尊一下，学习学习。即使只学到猫们处理死亡大事这一手，我们的社会会减少多少麻烦呀！

“那么，你是不是准备学习呢？”我仿佛听到有人这样质问了。是的，我心里是想学习的。不过也还有些困难。我没有猫的本能，我不知道自己的大限何时来到。而且我还有点儿担心。如果我真正学习了猫，有一天忽然偷偷地溜出了家门，到一个旮旯里、树丛里、山洞里、河沟里，一头钻进去，藏了起来，这样一来，我们人类社会可不像猫社会那样平静，有些人必然认为这是特大新闻，指手画脚，喊喊喳喳。如果是在旧社会里或者在今天的香港等地的话，这必将成为头版头条的爆炸性新闻，不亚于当年的杨乃武和小白菜。我的亲属和朋友也必将派人出去寻找。派的人也许比寻找彭加木的人还要多。这是多么可怕的事呀！因此我就迟疑起来。至于最后究竟何去何从？我正在考虑、推敲、研究。

听雨

从一大早就下起雨来。下雨，本来不是什么稀罕事儿，但这是春雨，俗话说："春雨贵如油。"而且又在罕见的大旱之中，其珍贵就可想而知了。

"润物细无声"，春雨本来是声音极小极小的，小到了"无"的程度。但是，我现在坐在隔成了一间小房子的阳台上，顶上有块大铁皮。楼上滴下来的檐溜就打在这铁皮上，打出声音来，于是就不是"细无声"了。按常理说，我坐在那里，同一种死文字拼命，本来应该需要极静极静的环境，极静极静的心情，才能安下心来，进入角色，来解读这天书般的玩意儿。这种雨敲铁皮的声音应该是极为讨厌的，是必欲去之而后快的。

然而，事实却正相反。我静静地坐在那里，听到头顶上的雨滴声，此时有声胜无声，我心里感到无量的喜悦，仿佛饮了仙露，吸了醍醐，大有飘飘欲仙之慨了。这声音时慢时急、时高时低、时响时沉、时断时续，有时如金声玉振，有时如黄钟大吕，有时如大珠小珠落玉盘，有时如红珊白瑚沉海里，有时如弹竖琴，有时如舞霹雳，有时如百鸟争鸣，有时如兔落鹘起，我浮想联翩，不能自已，心花怒放，风生笔底。死文字仿佛活了起来，我也仿佛又溢满了青春活力。我平生很少有这样的精神境界，更难为外人道也。

在中国，听雨本来是雅人的事。我虽然自认还不是完全的俗人，但能否就算是雅人，却还很难说。我大概是介乎雅俗之间的一种动物吧。中国古代诗词中，关于听雨的作品是颇有一些的。顺便说上一句：外国诗词中似乎少见。我的朋友章用回忆表弟的诗中有："频梦春池添秀句，每闻夜雨忆联床。"是颇有一点儿诗意的。连《红楼梦》中的林妹妹都喜欢李义山的"留得枯荷听雨声"之句。最有名的一首听雨的词当然是宋代蒋捷的《虞美人》，词不长，我索性抄它一下：

少年听雨歌楼上，
红烛昏罗帐。
壮年听雨客舟中，
江阔云低，
断雁叫西风。
而今听雨僧庐下，
鬓已星星也。
悲欢离合总无情，
一任阶前点滴到天明。

蒋捷听雨时的心情，是颇为复杂的。他是用听雨这一件事来概括自己的一生的，从少年、壮年一直到老年，达到了“悲欢离合总无情”的境界。但是，古今对老的概念，有相当大的悬殊。他是“鬓已星星也”，有一些白发，看来最老也不过五十岁左右。用今天的眼光看，他不过是介乎中老之间，同我自己比起来，我已经到了望九之年，鬓边早已不是“星星也”，顶上已是“童山濯濯”了。要讲达到“悲欢离合总无情”的境界，我比他有资格。我已经能够“纵浪大化中，不喜亦不惧”了。

可我为什么今天听雨竟也兴高采烈呢？这里面并没有多少雅味，我在这里完全是一个“俗人”。我想到的主要是麦子，是那辽阔原野上的青青的麦苗。我生在乡下，虽然六岁就离开，谈不上干什么农活，但是我拾过麦子，捡过豆子，割过青草，劈过高粱叶。我血管里流的是农民的血，一直到今天垂暮之年，毕生对农民和农村怀着深厚的感情。农民最高的希望是多打粮食。天一旱，就威胁着庄稼的成长。即使我长期住在城里，下雨一少，我就望云霓，自谓焦急之情，绝不下于农民。北方春天，十年九旱。今年似乎又旱得邪行。我天天听天气预报，时时观察天上的云气。忧心如焚，徒唤奈何。在梦中也看到的是细雨蒙蒙。

今天早晨，我的梦竟实现了。我坐在这长宽不过几尺的阳台上，听到头顶上的雨声，不禁神驰千里，心旷神怡。在大大小小高高低低，有的方正有的歪斜的麦田里，每一个叶片都仿佛张开了小嘴，尽情地吮吸着甜甜的雨滴，有如天降甘露，本来有点儿黄萎的，现在变青了。本来是青的，现在更青了。宇宙间凭空添了一片温馨，一片祥和。

我的心又收了回来，收回到了燕园，收回到了我楼旁的小山上，收回到了门前的荷塘内。我最爱的二月兰正在开着花。它们拼命从泥土中挣扎出来，顶住了干旱，无可奈何地开出了红色的白色的小花，颜色如故，而鲜亮无踪，看了给人以孤苦伶仃的感觉。在荷塘中，冬眠刚醒的荷花，正准备力量向水面冲击。水当然是不缺的。但是，细雨滴在水面上，画成了一个个的小圆圈，方逝方生，方生方逝。这本来是人类中的诗人所欣赏的东西，小荷花看了也高兴起来，劲头更大了，肯定会很快地钻出水面。

我的心又收近了一层，收到了这个阳台上，收到了自己的腔子里，头顶上丁当如故，我的心情怡悦有加。但我时时担心，它会突然停下来。我潜心默祷，祝愿雨声长久响下去，响下去，永远也不停。

一九九五年四月十三日

晨趣

一抬头，眼前一片金光：朝阳正跳跃在书架顶上玻璃盒内日本玩偶藤娘身上。藤娘一身和服，花团锦簇，手里拿着淡紫色的藤萝花，熠熠发光，而且闪烁不定。

我开始工作的时候，窗外暗夜正在向前走动。不知怎样一来，暗夜已逝，旭日东升。这阳光是从哪里流进来的呢？窗外一棵高大的梧桐树，枝叶繁茂，仿佛张开了一张绿色的网。再远一点儿，在湖边上是成排的垂柳。所有这一些都不利于阳光的穿透。然而阳光确实流进来了，就流在藤娘身上……

然而，一转瞬间，阳光忽然又不见了，藤娘身上，一片阴影。窗外，在梧桐和垂柳的缝隙里，是一块块蓝色的天空，成群的鸽子正盘旋飞翔在这样的天空里，黑影在蔚蓝上面划上了弧线。鸽影落在湖中，清晰可见，好像比天空里的更富有神韵，宛如镜花水月。

朝阳越升越高，透过浓密的枝叶，一直照到我的头上。我心中一动，阳光好像有了生命，它启迪着什么，它暗示着什么。我忽然想到印度大诗人泰戈尔，每天早上对着初升的太阳，静坐沉思，幻想与天地同体，与宇宙合一。我从来没达到这样的境界，我没有这一份福气。可是我也感到太阳的威力，心中思绪腾翻，仿佛也能洞察三界，透视万有了。

现在我正处在每天工作的第二阶段的开头上。紧张地工作了一个阶段以后，我现在想缓松一下。心里有了余裕，能够抬一抬头，向四周，特别是窗外观察一下。窗外风光如旧，但是四季不同：春花、秋月、夏雨、冬雪，情趣各异，动人则一。现在正是夏季，浓绿扑人眉宇，鸽影在天，湖光如镜。多少年来，当然都是这个样子。为什么过去我竟视而不见呢？今天，藤娘的身上一点儿闪光，仿佛照透了我的心，让我抬起头来，以崭新的眼光来衡量一切。眼前的东西既熟悉，又陌生，我仿佛搬到了一个新的地方，把我好奇的童心一下子都引逗起来了。我注视着藤娘，我的心却飞越茫茫大海，飞到了日本，怀念起赠送给我藤娘的室伏千律子夫人和室伏佑厚先生一家来。真挚的友情温暖着我的心……

窗外太阳升得更高了。梧桐树椭圆的叶子和垂柳尖长的叶子，交织在一起，椭圆与细长相映成趣。最上一层阳光照在上面，一片嫩黄；下一层则处在背阴处，一片黑绿。远处的塔影，屹立不动。天空里的鸽影仍然在划着或长或短、或远或近的弧线。再把眼光收回来，则看到里面窗台上摆着的几盆君子兰，深绿肥大的叶子，给我心中增添了绿色的力量。

多么可爱的清晨，多么宁静的清晨！

此时我怡然自得，其乐陶陶。我真觉得，人生毕竟是非常可爱的，大地毕竟是非常可爱的。我有点儿不知老之已至了。我这个从来不写诗的人心中似乎也有了一点儿诗意。

此身合是诗人未？
鸽影湖光入目明。

我好像真正成为一个诗人了。

一九八八年十月十三日晨

人生

在一个“人生漫谈”的专栏中，首先谈一谈人生，似乎是理所当然的，未可厚非的。

而且我认为，对于我来说，这个题目也并不难写。我已经到了望九之年，在人生中已经滚了八十多个春秋了。一天天面对人生，时时刻刻面对人生，让我这样一个世故老人来谈人生，还有什么困难呢？岂不是易如反掌吗？

但是，稍微进一步一琢磨，立即出了疑问：什么叫人生呢？我并不清楚。

不但我不清楚，我看芸芸众生中也没有哪一个人真清楚的。古今中外的哲学家谈人生者众矣。什么人生意义，又是什么人生的价值，花样繁多，扑朔迷离，令人眼花缭乱。然而他们说了些什么呢？恐怕连他们自己也是越谈越糊涂。以己之昏昏，焉能使人昭昭！

哲学家的哲学，至矣高矣。但是，恕我大不敬，他们的哲学同吾辈凡人不搭界，让这些哲学，连同它们的“家”，坐在神圣的殿堂里去独现辉煌吧！像我这样一个凡人，吃饱了饭没事儿的时候，有时也会想到人生问题。我觉得，我们“人”的“生”，都绝对是被动的。没有哪一个人能先制订一个诞生计划，然后再下生，一步步让计划实现。只有一个人是例外，他就是佛祖释迦牟尼。他住在天上，忽然想降生人寰，超度众生。先考虑要降生的国家，再考虑要降生的父母。考虑周详之后，才从容下降，但他是佛祖，不是吾辈凡人。

吾辈凡人的诞生，无一例外，都是被动的，一点主动也没有。我们糊里糊涂地降生，糊里糊涂地成长，有时也会糊里糊涂地夭折，当然也会糊里糊涂地寿登耄耋，像我这样。

生的对立面是死。对于死，我们也基本上是被动的。我们只有那么一点主动权，那就是自杀。但是，这点主动权却是不能随便使用的。除非万不得已，是绝不能使用的。

我在上面讲了那么些被动，那么些糊里糊涂，是不是我个人真正欣赏这一套，赞扬这一套呢？否，否，我绝不欣赏和赞扬。我只是说了一点实话而已。

正相反，我倒是觉得，我们在被动中，在糊里糊涂中，还是能够有所作为的。我劝人们不妨在吃饱了燕窝鱼翅之后，或者在吃糠咽菜之后，或者在卡拉OK、高尔夫之后，问一问自己：你为什么活着？活着难道就是为了恣睢的享受吗？难道就是为了忍饥受寒吗？问了这些简单的问题之后，会使你头脑清醒一点，会减少一些糊涂。谓予不信，请尝试之。

一九九六年十一月九日

再谈人生

人生这样一个变化莫测的万花筒，用千把字来谈，是谈不清楚的，所以来一个“再谈”。

这一回我想集中谈一下人性的问题。

大家知道，中国哲学史上，有一个不大不小的争论问题：人是性善，还是性恶？这两个提法都源于儒家。孟子主性善，而荀子主性恶。争论了几千年，也没有争论出一个名堂来。

记得鲁迅先生说过：“人的本性是，一要生存，二要温饱，三要发展。”（记错了，由我负责）[1]这同中国古代一句有名的话，精神完全是一致的：“食色，性也。”食是为了解决生存和温饱的问题，色是为了解决发展问题，也就是所谓传宗接代。

我看，这不仅仅是人的本性，而且是一切动植物的本性。试放眼观看大千世界，林林总总，哪一个动植物不具备上述三个本

① 此处引文确系有误。原文出自鲁迅《忽然想到·六》：“我们目下的当务之急，是：一要生存，二要温饱，三要发展。”

能？动物姑且不谈，只拿距离人类更远的植物来说，“桃李无言”，它们不但不能行动，连发声也发不出来。然而，它们求生存和发展的欲望，却表现得淋漓尽致。桃李等结甜果子的植物，为什么结甜果子呢？无非是想让人和其他能行动的动物吃了甜果子把核带到远的或近的其他地方，落在地上，生入土中，能发芽、开花、结果，达到发展，即传宗接代的目的。

你再观察，一棵小草或其他植物，生在石头缝中，或者甚至被压在石头块下，缺水少光，但是它们却以令人震惊得目瞪口呆的毅力，冲破了身上的重压，弯弯曲曲地、忍辱负重地长了出来，由细弱变为强硬，由一根细苗甚至变成一棵大树，再作为一个独立体，继续顽强地实现那三种本性。“下自成蹊”，就是“无言”的结果吧。

你还可以观察，世界上任何动植物，如果放纵地任其发挥自己的本性，则在不太长的时间内，哪一种动植物也能长满、塞满我们生存的这一个小小的星球。那些已绝种或现在濒临绝种的动植物，属于另一个范畴，另有其原因，我以后还会谈到。

那么，为什么到现在还没有哪一种动植物——包括万物之灵的人类在内——能塞满了地球呢？

在这里，我要引老子的话：“天地不仁，以万物为刍狗。”是造化小儿——谁也不知道，他究竟有没有？他究竟是什么样子？我不信什么上帝，什么天老爷，什么大梵天，宇宙间没有他们存在的地方。

但是，冥冥中似乎应该有这一类的东西，是他或它巧妙计算，不让动植物的本性光合得逞。

一九九六年十一月十二日

三论人生

上一篇《再论》戛然而止，显然没有能把话说完，所以再来一篇《三论》。

造化小儿对禽兽和人类似乎有点区别对待的意思。它给你生存的本能，同时又遏制这种本能，方法或者手法颇多。制造一个对立面似乎就是手法之一，比如制造了老鼠，又制造它的天敌——猫。

对于人类，它似乎有点优待。它先赋予人类思想（动物有没有思想和言语是一个有争论的问题），又赋予人类良知良能。关于人类本性，我在上面已经谈到。我不大相信什么良知，什么“恻隐之心，人皆有之”，但是我又无从反驳。古人说：“人之所以异于禽兽者几希。”“几希”者，极少极少之谓也。即使是极少极少，总还是有的。我个人胡思乱想，我觉得，在对待生物的生存、温饱、发展的本能的态度上，就存在着一点点“几希”。

我们观察，老虎、狮子等猛兽，饿了就要吃别的动物，包括人在内。它们绝没有什么恻隐之心，绝没有什么良知。吃的时候，它们也绝不会像人吃人的时候那样，有时还会捏造一些我必须吃你的道理，做好“思想工作”。它们只是吃开了，吃饱为止。人类则有所不同。人与人当然也不会完全一样。有的人确实能够遏制自己的求生本能，表现出一定的良知和一定的恻隐之心。古往今来的许多仁人志士，都是这方面的好榜样。他们为什么能为国捐躯？为什么能为了救别人而牺牲自己的性命？鲁迅先生所说的“中国的脊梁”，就是这样的人。孟子所谓的“浩然之气”，只有这样的人能有。禽兽中是绝不会有什么“脊梁”，有什么“浩然之气”的，这就叫作“几希”。

但是人也不能一概而论，有的人能够做到，有的人就做不到。像曹操说：“宁教我负天下人，休教天下人负我！”他怎能做到这一步呢？

说到这里，就涉及伦理道德问题。我没有研究过伦理学，不知道怎样给道德下定义。我认为，能为国家、为人民、为他人着想而遏制自己的本性的，就是有道德的人；能够百分之六十为他人着想，百分之四十为自己着想，他就是一个及格的好人。为他人着想的百分比越高越好，道德水平越高。百分之百，所谓“毫不利己，专门利人”的人是绝无仅有。反之，为自己着想而不为他人着想的百分比，越高越坏。到了曹操那样，就算是坏到了顶。毫不利人、专门利己的人，普天之下倒是不老少的。说这话，有点泄气。无奈这是事实，我有什么办法？

一九九六年十一月十三日

我的座右铭

多少年以来，我的座右铭一直是：

> 纵浪大化中，不喜亦不惧。
> 应尽便须尽，无复独多虑。

老老实实的、朴朴素素的四句陶诗，几乎用不着任何解释。

我是怎样实行这个座右铭的呢？无非是顺其自然、随遇而安而已，没有什么奇招。

“应尽便须尽，无复独多虑。”（到了应该死的时候，你就去死，用不着左思右想）这句话应该是关键性的。但是在我几十年的风华正茂的期间，“尽”什么，是很难想到的。在这期间，我当然既走过阳关大道，也走过独木小桥。即使在走独木小桥时，好像路上铺的也全是玫瑰花，没有荆棘。这与“尽”的距离太远太远了。

到了现在，自己已经九十多岁了，离人生的尽头，不会太远了。我在这时候，根据座右铭的精神，处之泰然，随遇而安。我认为，这是唯一正确的态度。

我不是医生，我想贸然提出一个想法。所谓老年忧郁症恐怕十有八九同我上面提出的看法有关，怎样治疗这种病症呢？我本来想用“无可奉告”来答复。但是，这未免太简慢，于是改写一首打油诗，题曰《无题》。

人生在世一百年，
天天有些小麻烦，
最好办法是不理，
只等秋风过耳边。
老年时期座右铭：
老骥伏枥，志在十里。
烈士暮年，壮心难已。

读起来一副老调，了无新意。新意，其实是有的。即以“志在十里”而论，为什么不写上百里、千里，甚至万里呢？那有多么威武雄壮呀！其实，如果我讲“志在半里”，也是瞎吹。我现在不能走路，活动全靠轮椅，是要别人推的。我说“十里”，是指一个棒小伙子一口气可以达到的长度。

缘分与命运

缘分与命运本来是两个词儿，都是我们口中常说，文中常写的。但是，仔细琢磨起来，这两个词儿含义极为接近，有时达到了难解难分的程度。

缘分和命运可信不可信呢?

我认为，不能全信，又不可不信。

我绝不是为算卦相面的“张铁嘴”“王半仙”之流的骗子来张目。算八字算命那一套骗人的鬼话，只要一个异常简单的事实就能揭穿。试问普天之下——“番邦”暂且不算，因为老外那里没有这套玩意儿——同年、同月、同日、同时生的孩子有几万、几十万，他们一生的经历难道都能够绝对一样吗？绝对地不一样，倒近于事实。

可我为什么又说，缘分和命运不可不信呢?

我也举一个异常简单的事实。只要你把你最亲密的人，你的老伴——或者“小伴”，这是我创造的一个名词儿，年轻的夫妻之谓也——同你自己相遇，一直到“有情人终成眷属”的经过回想一下，便立即会同意我的意见。你们可能是一个生在天南，一个生在海北，中间经过了不知道多少偶然的机遇，有的机遇简直是间不容发，稍纵即逝，可终究没有错过，你们到底走到一起来了。即使是青梅竹马的关系，也同样有个“机遇”问题。这种“机遇”是报纸上的词儿，哲学上的术语是“偶然性”，老百姓嘴里就叫作“缘分”或“命运”。这种情况，谁能否认，又谁能解释呢？没有办法，只好称之为缘分或命运。

北京西山深处有一座辽代古庙名叫“大觉寺”。此地有崇山峻岭，茂林流泉，有300年的玉兰树，200年的藤萝花，是一个绝妙的地方。将近20年前，我骑自行车去过一次。当时古寺虽已破败，但仍给我留下了深刻的印象，至今忆念难忘。去年春末，北大中文系的毕业生欧阳旭邀我们到大觉寺去剪彩，原来他下海成了颇有基础的企业家。他毕竟是书生出身，念念不忘为文化做贡献。他在大觉寺里创办了一个明慧茶院，以弘扬中国的茶文化。我大喜过望，准时到了大觉寺。此时的大觉寺已完全焕然一新，雕梁画栋，金碧辉煌，玉兰已开过而紫藤尚开，品茗观茶道表演，心旷神怡，浑然欲忘我矣。

将近一年以来，我脑海中始终有一个疑团：这个英年岐嶷的小伙子怎么会到深山里来搞这么一个茶院呢？前几天，欧阳旭又邀我们到大觉寺去吃饭。坐在汽车上，我不禁向他提出了我的问题。他莞尔一笑，轻声说：“缘分！”原来在这之前他携伙伴郊游，黄昏迷路，撞到大觉寺里来。爱此地之清幽，便租了下来，加以装修，创办了明慧茶院。

此事虽小，可以见大。信缘分与不信缘分，对人的心情影响是不一样的。信者，胜可以做到不骄，败可以做到不馁，绝不至胜则忘乎所以，败则怨天尤人。中国古话说：“尽人事而听天命。”首先必须“尽人事”，否则馅儿饼绝不会自己从天上落到你嘴里来。但又必须“听天命”。人世间，波诡云谲，因果错综。只有能做到“尽人事而听天命”，一个人才能永远保持心情的平衡。

一九九八年一月十六日

爽朗的笑声

据说，只有人是会笑的。我活在这个大地上几十年中，曾经笑过无数次，也曾看到别人笑过无数次。我从来没有琢磨过人会不会笑的问题，就好像太阳从东方出来，人们天天必须吃饭这样一些极其自然的、明明白白的、尽人皆知的、用不着去探讨的现象一样，无须再动脑筋去关心了。

然而，人是能够失掉笑的。

就连人能够失掉笑这个事实我以前也没有探讨过。不是用不着去探讨，而是没有想到去探讨，没有发现有探讨的必要，因为我从来还没有遇到过失掉了笑的人，没有想到过会有失掉了笑的人，好像没有遇到过鬼或者阴司地狱，没有想到过有鬼或者有阴司地狱那样。

人又怎能失掉笑呢？

我认识一位参加革命几十年的老干部。虽然他资格老，然而从来不摆老资格，不摆架子。我一向对老干部怀着说不出的、极其深厚的、出自内心的感情与敬佩。他们好像是我的一面镜子，可以照见自己的不足，激励自己前进。因此，我就很愿意接近他，愿意对他谈谈自己的思想。当然并不限于这些。我们有时简直是海阔天空，上下古今、文学艺术、哲学宗教，无所不谈。他给我留下了非常深刻的印象，特别是在闲谈时他的笑声更使我永生难忘。这不是会心的微笑，而是出自肺腑的爽朗的笑声。这笑声悠扬而清脆，温和而热情。它好像有极大的感染力，一听到它，顿觉满室生春，连一桌一椅都仿佛充满了生气，一花一草都仿佛洋溢出活力。有时候我甚至觉得这笑声冲破了高楼大厦，冲出了窗户和门，到处漂流回荡，响彻了整个燕园。

想当初当我听到这笑声的时候，并没有觉得它怎样难能可贵，怎样不可缺少，就同日光空气一样，抬眼就可以看到，张嘴就可以吸入。又像春天的和风，秋日的细雨，只要有春天，有秋天，自然而然地就可以得到。中国古诗说："司空见惯浑闲事。"我一下子变成了古时候的司空了。

然而好景不长，天空里突然堆起了乌云，跟着来的是一场暴风骤雨。这一场暴风骤雨真是来得迅猛异常。不但我们自己没有经受过，而且也没有听说别人曾经经受过。我们都仿佛当头挨了一棒，直打得天旋地转，昏头昏脑。有一个时期，我们都失去了行动的自由，在一个阴森可怕的恐怕要超过"白公馆"和"渣滓洞"的地方住了一些时候。以后虽然恢复了自由，然而每个人的脑袋上还都戴着一大堆莫须有的帽子，天天过着如临深渊如履薄冰的日子，谨小慎微，瞻前顾后，唯恐言行有什么"越轨"之处，随时提防意外飞来的横祸。我们的处境真比旧社会的童养媳还要困难。我们每个人脑海里都有成百个问号，成千个疑团，然而问天天不语，问地地不应。我们只有沉默寡言，成为不折不扣的行尸走肉了。

在这期间，我也曾几次遇到过他，都是在路上。我看到他从远处走了过来，垂目低头，步履蹒跚。以前我看惯了的他那种矫健的步伐、轻捷的行姿，已经消逝得无影无踪了。我有时候下意识地迎上前去，好像是要做点儿什么，但是快到跟前的时候，最多也不过彼此相顾一下，立刻又低下了头，别转开脸，我们已经到了彼此不敢讲话、不能讲话的地步了。至于在这样的时刻他是怎样想的，我说不清楚，我心里只觉得一阵凄凉，眼泪立刻夺眶而出了。

有一次，我在校医院门前遇到了他。这一回他不是孤身一人，而是有一个年老的妇女扶着他。他的身体似乎更不行了，路好像都走不全，腿好像都迈不开，脚好像都抬不起，颤巍巍地好不容易地向前挪动，费了好大劲儿才挪进了医院的大门，看样子是患了病。我一时冲动，很想鼓足勇气走上前去探问一声。然而我不敢。那暴风骤雨的情景猛不丁地展现在我眼前，我那一点儿剩勇好像是微弱的爝火，经雨一打，立刻就熄灭了。我不敢保证，如果再有一次那样的暴风骤雨，是否我还能经受得住。我硬是压下了我那向前去探问的冲动，只是站在远处注视着他。我是多么关心他的身体啊！然而我无能为力，我只能站在一旁看。幸好他并没有注意到我，否则也会引起他内心的激动，这样的激动对他的身体肯定是没有好处的。我全神贯注地注视着他，看他走进了校医院的玻璃门，他的身影在里面直晃动，在挂号处停留了一会儿，又被搀扶到走廊里去，身影于是完全消逝，大概是到哪一个屋子门口去等候大夫呼唤了。

当时我虽然注视了他很久很久，但是在开头时并没有发现有什么特异的情况，对他的身体的关心占住了我整个的注意力。等到他的身影消逝以后，我猛然发现，他脸上一点儿笑容都没有，他成了一个不会笑的人，他已经把笑失掉，当然更不用说那爽朗的笑声了。我心里猛烈地一震，我自己的这一个平凡又伟大的发现使我吃惊。我从前只知道笑是人的本能；现在我又知道，人是连本能也会失掉的。我活了六十多年才发现了这样一个真理，然而这是一个多么残酷多么令人不寒而栗的真理啊！

我自己怎样呢？他在这里又在另外一种意义上成了我的一面镜子。拿这面镜子一照，我同他原来是一模一样，我脸上也是一点儿笑容都没有，我也成了一个不会笑的人，我也把笑失掉了。如果自己不拿这面镜子来照一照，这情况我是不会知道的。因为没有一个人会告诉我，没有一个人敢告诉我。像我这样的人，当时是没有几个人肯同我说话的。如果有大胆的人敢同我说上几句话，我反而感到不自然，感到受宠若惊。不时飞来的轻蔑的一瞥，意外遇到的大声的申斥，我倒安之若素，倒觉得很自然。我当时就像白天的猫头鹰，只要能避开人，我一定避开；只要有小路，我决不走大路；只要有房后的野径，我连小路也不走。只要有熟人迎面走来，我远远地就垂下了头。我只恨地上没有洞；如果有的话，我一定会钻了进去，最好一辈子也不出来。在这样的情况下，一个人能笑得起来吗？让他把笑保留住不失掉，能办得到吗？我也只能同那一位老干部一样变成了一个不会笑的人了。

通过那几年的切身经历，我深深地感觉到，一个人如果失掉了笑，那就意味着，他同时也已经失掉了希望，失掉了生趣，失掉了一切。他活在世界上，在别人眼中，在他自己眼中，实际上成了一个多余的人，他只不过是行尸走肉，苟延残喘而已。什么清风，什么明月，什么春华，什么秋实，在别人眼中，当然都是非常可爱的，然而在他眼中，却什么快感也引不起来。他在这世界上如浮云，如幻影；世界对他也如浮云，如幻影。他自己就像一个幽灵，踽踽独行于遮天盖地的辽阔的寂寞中。他成了一个路人，一个“过客”，在默默地等候大限的来临。

真理毕竟要胜利，乌云绝不会永在。经过了一番风雨，燕园里又出现了阳光，全中国也出现了阳光。记得是在一个座谈会上，我同这一位革命老前辈又见面了。他头发又白了很多，脸上皱纹也增添了不少，走路显得异常困难，说话声音很低。才几年的工夫，他好像老了二十年。我的心情很沉重，但是同时又很愉快。我发现他脸上又有了笑容，他又把笑找回来了。在谈到兴致淋漓的时候，他大笑起来，虽然声音较低，但毕竟是爽朗的笑声。这样的笑声我已经很久很久没有听到了。乍听之下，有如钧天妙乐，滋润着我的心灵，温暖着我的耳朵，怡悦着我的眼睛，激动着我的四肢。我觉得，这爽朗的笑声，就像骀荡的春风一样，又仿佛吹遍了整个燕园，响彻了整个燕园。我仿佛还听到它响彻了高山、密林、通都、大邑、工厂、农村、机关、学校，响彻了整个祖国大地，而且看样子还要永远响下去。

我现在不但在这位革命老前辈的脸上看到了已经失掉而又找回来的笑，而且在很多人的脸上都看到了笑容，老年人、中年人、青年人、妇女、儿童，无一例外。把笑失掉，是不容易的；把笑重新找回来，就更困难。我相信，一个在沧海中失掉了笑的人，绝不能做任何的事情。我也相信，一个曾经沧海又把笑找回来的人，却能胜任任何的艰巨。一个很多人失掉了笑而只有一小撮人能笑的民族，绝不能长久立于世界民族之林。只有能笑、会笑、敢笑、重新找回了笑的民族，才能创建宏伟的事业，才能在短期内实现四个现代化，才能阔步前进，建成社会主义，最终达到人类大同之域。

发现只有人是会笑的，是科学家。发现人也是能失掉笑的，是曾经沧海的人。两者都是伟大的发现。曾经沧海的人发现了这个真理，绝不会垂头丧气，而是加倍地精神抖擞。我认识的那一位革命老前辈，在这里又成了我的一面镜子。我们都要感激那个沧海，它在另一方面教育了我们。我从小就喜欢读苏东坡的词句："人有悲欢离合，月有阴晴圆缺，此事古难全。但愿人长久，千里共婵娟。"我想改一下最后两句："但愿人长笑，千里共婵娟。"我愿意永远永远听到那爽朗的笑声。

一九七九年一月三十一日

贰……

不求完满，但求自在

每个人都争取一个完满的人生。

然而，自古及今，海内海外，

一个百分之百完满的人生是没有的。

园花寂寞红

楼前右边，前临池塘，背靠土山，有几间十分古老的平房，是清代保卫八大园的侍卫之类的人住的地方。整整四十年以来，一直住着一对老夫妇：女的是德国人，北大教员；男的是中国人，钢铁学院教授。我在德国时，已经认识了他们，算起来到今天已经将近六十年了，我们算是老朋友了。三十年前，我们的楼建成，我是第一个搬进来住的，从那以后，老朋友又成了邻居。有些往来，是必然的。逢年过节，互相拜访，感情是融洽的。我每天到办公室去，总会看到这个个子不高的老人，蹲在门前临湖的小花园里，不是除草栽花，就是浇水施肥，再就是砍几竿门前屋后的竹子，扎成篱笆。嘴里叼着半支雪茄，笑眯眯的，忙忙碌碌，似乎乐在其中。

他种花很有一些特点。除了一些常见的花以外，他喜欢种外国种的唐菖蒲，还有颜色不同的名贵的月季。最难得的是一种特大的牵牛花，比平常的牵牛花要大一倍，宛如小碗口一般。每年春天开花时，颇引起行人的注目。据说，此花来头不小。在北京，只有梅兰芳家里有。齐白石晚年以画牵牛花闻名于世，临摹的就是梅府上的牵牛花。

我是颇喜欢一点儿花的。但是我既少空闲，又无水平。买几盆名贵的花，总养不了多久，就呜呼哀哉。因此，为了满足自己的美感享受，我只能像北京人说的那样看“蹭”花，现在有这样神奇的牵牛花、绚丽夺目的月季和唐菖蒲，就摆在眼前，我焉得不“蹭”呢？每天下班或者开会回来，看到老友在侍弄花，我总是停下脚步，聊上几句，看一看花。花美，地方也美，湖光如镜，杨柳依依，说不尽的旖旎风光，人在其中，顿觉尘世烦恼，一扫而光，仿佛遗世而独立了。

但是，世事往往有出人意料者。两个月前，我忽然听说，老友在夜里患了急病，不到几个小时，就离开了人间。我简直不敢相信，然而这又确是事实。我年届耄耋，阅历多矣，自谓已能做到“悲欢离合总无情”了。事实上并不是这样。我有情，有多得超过了需要的情，老友之死，我焉能无动于衷呢？“当时只道是寻常”这一句浅显而实深刻的词，又萦绕在我心中。

几天来，我每次走过那个小花园，眼前总仿佛看到老友的身影，嘴里叼着半根雪茄，笑眯眯的，蹲在那里，侍弄花草。这当然只是幻象。老友走了，永远永远地走了。我抬头看到那大朵的牵牛花和多姿多彩的月季花，它们失去了自己的主人，朵朵都低眉敛目，一脸寂寞相，好像“溅泪”的样子。它们似乎认出了我，知道我是它们主人的老友，知道我是它们的认真入迷的欣赏者，知道我是它们的知己。它们在微风中摇曳，仿佛向我点头，向我倾诉心中郁积的寂寞。

现在才只是夏末秋初。即使是寂寞吧，牵牛和月季仍然能够开花的。一旦秋风劲吹，落叶满山，牵牛和月季还能开下去吗？再过一些时候，冬天还会降临人间的。到了那时候，牵牛们和月季们只能被压在白皑皑的积雪下面的土里，做着春天的梦，连感到寂寞的机会都不会有了。

明年，春天总会重返大地的。春天总还是春天，它能让万物复苏，让万物再充满活力。但是，这小花园的月季和牵牛怎样呢？月季大概还能靠自己的力量长出芽来，也许还能开出几朵小花。然而护花的主人已不在人间。谁为它们施肥浇水呢？等待它们的不仅仅是寂寞，而是枯萎和死亡。至于牵牛花，没有主人播种，恐怕连幼芽也长不出来。它们将永远被埋在地中了。

我一想到这里，就不禁悲从中来。眼前包围着月季和牵牛的寂寞，也包围住了我。我不想再看到春天，我不想看到春天来时行将枯萎的月季，我不想看到连幼芽都冒不出来的牵牛。我虔心默祷上苍，不要再让春天降临人间了。如果非降临不行的话，也希望把我楼前池边的这一个小花园放过去，让这一块小小的地方永远保留夏末秋初的景象，就像现在这样。

一九九二年八月三十日

一条老狗

自己也不知道是什么原因，我总会不时想起一条老狗来。在过去七十年漫长的时间内，不管我是在国内，还是在国外，不管我是在亚洲、欧洲、非洲，一闭眼睛，就会不时有一条老狗的影子在我眼前晃动，背景是在一个破破烂烂的篱笆门前，后面是绿苇丛生的大坑，透过苇丛的疏稀处，闪亮出一片水光。

这究竟是怎么一回事呢？

无论用多么夸大的词句，也绝不能说这一条老狗是逗人喜爱的。它只不过是一条最普普通通的狗，毛色棕红、灰暗，上面沾满了碎草和泥土，在乡村群狗当中，无论如何也显不出一点儿特异之处，既不凶猛，又不魁梧。然而，就是这样一条不起眼儿的狗却揪住了我的心，一揪就是七十年。

因此，话必须从七十年前说起。当时我还是一个不谙世事的毛头小伙子，正在清华大学读西洋文学系二年级。能够进入清华园，是我平生最满意的事情，日子过得十分惬意。然而，好景不长。有一天，是在秋天，我忽然接到从济南家中打来的电报，只是四个字："母病速归"。我仿佛是劈头挨了一棒，脑筋昏迷了半天。我立即买好车票，登上开往济南的火车。

我当时的处境是，我住在济南叔父家中。这里就是我的家。而我母亲却住在清平官庄的老家里。整整十四年前，我六岁的那一年，也就是一九一七年，我离开了故乡，也就是离开了母亲，到济南叔父处去上学。我上一辈共有十一位叔伯兄弟，而男孩却只有我一个。济南的叔父也只有一个女孩，于是在表面上我就成了一个宝贝蛋。然而真正从心眼儿里爱我的只有母亲一人，别人不过是把我看成能够传宗接代的工具而已。这一层道理一个六岁的孩子是无法理解的。可是离开母亲的痛苦我却是理解得又深又透的。到了济南后第一夜，我生平第一次不在母亲怀抱里睡觉，而是孤身一个人躺在一张小床上，我无论如何也睡不着，我一直哭了半夜。这是怎么一回事呀！为什么把我弄到这里来了呢？"遥怜小儿女，未解忆长安。"母亲当时的心情，我还不会去猜想。现在追忆起来，她一定会是柔肠寸断，痛哭绝不止半夜。现在这已成了一个万古之谜，永远也不会解开了。

从此我就过上了寄人篱下的生活。我不能说，叔父和婶母不喜欢我，但是，我唯一被喜欢的资格就是，我是一个男孩。不是亲生的孩子同自己亲生的孩子感情必然有所不同，这是人之常情，用不着掩饰，更用不着美化。我在感情方面不是一个麻木的人，一些细枝末节，我体会极深。常言道，没娘的孩子最痛苦。我虽有娘，却似无娘，这痛苦我感受得极深。我是多么想念我故乡里的娘呀！然而，天地间除了母亲一个人外有谁真能了解我的心情我的痛苦呢？因此，我半夜醒来一个人偷偷地在被窝里吞声饮泣的情况就越来越多了。

在整整十四年中，我总共回过三次老家。第一次是在我上小学的时候，为了奔大奶奶之丧而回家的。大奶奶并不是我的亲奶奶，但是从小就对我疼爱异常。如今她离开了我们，我必须回家，这似乎是天经地义的事情。这一次我在家只住了几天，母亲异常高兴，自在意中。第二次回家是在我上中学的时候，原因是父亲卧病，叔父亲自请假回家，看自己共过患难的亲哥哥。这次在家住的时间也不长。我每天坐着牛车，带上一包点心，到离开我们村相当远的一个大地主兼中医住的村里去请他，到我家来给父亲看病，看完再用牛车送他回去。路是土路，坑洼不平，牛车走在上面，颠颠簸簸，来回两趟，要用去差不多一整天的时间。至于医疗效果如何呢？那只有天晓得了。反正父亲的病没有好，也没有变坏。叔父和我的时间都是有限的，我们只好先回济南了。过了没有多久，父亲终于走了。一叔到济南来接我回家。这是我第三次回家，同第一次一样，专为奔丧。在家里埋葬了父亲，又住了几天。现在家里只剩下了母亲和二妹两个人。家里失掉了男主人，一个妇道人家怎样过那种只有半亩地的穷日子，母亲的心情怎样，我只有十一二岁，当时是难以理解的。但是，我仍然必须离开她到济南去继续上学。在这样万般无奈的情况下，但凡母亲还有不管是多么小的力量，她也绝不会放我走的。可是她连一丝一毫的力量也没有。她一字不识，一辈子连个名字都没有能够取上。做了一辈子“季赵氏”。到了今天，父亲一走，她怎样活下去呢？她能给我饭吃吗？不能的，绝不能的。母亲心内的痛苦和忧愁，连我都感觉到了。最后她只能眼睁睁地看着自己最亲爱的孩子离开了自己，走了，走了。谁会知道，这是她最后一次看到自己的儿子呢？谁会知道，这也是我最后一次见到母亲呢？

回到济南以后，我由小学而初中，由初中而高中，由高中而到北京来上大学，在长达八年的过程中，我由一个混混沌沌的小孩子变成了一个青年人，知识增加了一些，对人生了解得也多了不少。对母亲当然仍然是不断想念的。但在暗中饮泣的次数少了，想的是一些切切实实的问题和办法。我梦想，再过两年，我大学一毕业，由于出身一个名牌大学，抢一只饭碗是不成问题的。到了那时候，自己手头有了钱，我将首先把母亲迎至济南。她才四十来岁，今后享福的日子多着哩。

可是我这一个奇妙如意的美梦竟被一张“母病速归”的电报打了个支离破碎。我现在坐在火车上，心惊肉跳，忐忑难安。哈姆莱特问的是：to be or not to be，我问的是：母亲是病了，还是走了？我没有法子求签占卜，可我又偏想知道个究竟，我于是自己想出了一套占卜的办法。我闭上眼睛，如果一睁眼我能看到一根电线杆，那母亲就是病了；如果看不到，就是走了。当时火车速度极慢，从北京到济南要走十四五个小时。就在这样长的时间内，我闭眼又睁眼反复了不知多少次。有时能看到电线杆，则心中一喜。有时又看不到，则心中一惧。到头来也没能得出一个肯定的结果。我到了济南。

到了家中，我才知道，母亲不是病了，而是走了。这消息对我真如五雷轰顶，我昏迷了半晌，躺在床上哭了一天，水米不曾粘牙。悔恨像大毒蛇直刺入我的心窝：在长达八年的时间内，难道你就不能在任何一个暑假内抽出几天时间回家看一看母亲吗？二妹在前几年也从家乡来到了济南，家中只剩下母亲一个人，孤苦伶仃，形单影只，而且又缺吃少喝，她日子是怎么过的呀！你的良心和理智哪里去了？你连想都不想一下吗？你还能算得上是一个人吗？我痛悔自责，找不到一点儿能原谅自己的地方。我一度曾想到自杀，追随母亲于地下。但是，母亲还没有埋葬，不能立即实行。在极度痛苦中我胡乱诌了一副挽联：

一别竟八载，多少次倚闾怅望，眼泪和血流，迢迢玉宇，高处寒否？

为母子一场，只留得面影迷离，入梦浑难辨，茫茫苍天，此恨曷极！

对仗谈不上，只不过想聊表我的心情而已。

叔父婶母看着苗头不对，怕真出现什么问题，派马家二舅陪我还乡奔丧。到了家里，母亲已经成殓，棺材就停放在屋子中间。只隔一层薄薄的棺材板，我竟不能再见母亲一面，我与她竟是人天悬隔矣。我此时如万箭穿心，痛苦难忍，想一头撞死在母亲棺材上。我被别人死力拽住，昏迷了半天，才醒转过来。抬头看屋中的情况，真正是家徒四壁，除了几把破椅子和一只破箱子以外，什么都没有。在这样的环境中，母亲这八年的日子是怎样过的，不是一清二楚了吗？我又不禁悲从中来，痛哭了一场。

现在家中已经没了女主人，也就是说，没有了任何人。白天我到村内二大爷家里去吃饭，讨论母亲的安葬事宜。晚上则由二大爷亲自送我回家。那时村里不但没有电灯，连煤油灯也没有。家家都点豆油灯，用棉花条搓成灯捻，只不过是有点儿微弱的亮光而已。有人劝我，晚上就睡在二大爷家里，我执意不肯。让我再陪母亲住上几天吧。在茫茫百年中，我在母亲身边只住过六年多，现在仅仅剩下了几天，再不陪就真正抱恨终天了。于是二大爷就亲自提着一个小灯笼送我回家。此时，万籁俱寂，宇宙笼罩在一片黑暗中，只有天上的星星在眨眼，仿佛闪出一丝光芒。全村没有一点儿亮光，没有一点儿声音。透过大坑里芦苇的疏稀闪出一点儿水光。走近破篱笆门时，门旁地上有一团黑东西，细看才知道是一条老狗，静静地卧在那里。狗们有没有思想，我说不准，但感情确是有的。这一条老狗几天来大概是陷入困惑中：天天喂我的女主人怎么忽然不见了？它白天到村里什么地方偷一点儿东西吃，立即回到家里来，静静地卧在篱笆门旁。见了我这个小伙子，它似乎感到我也是这家的主人，同女主人有点儿什么关系，因此见到了我并不咬我，有时候还摇摇尾巴，表示亲昵。那一天晚上我看到的就是这一条老狗。

我孤身一个人走进屋内，屋中停放着母亲的棺材。我躺在里面一间屋子里的大土炕上，炕上到处是跳蚤，它们勇猛地向我发动进攻。我本来就毫无睡意，跳蚤的干扰更加使我难以入睡了。我此时孤身一人陪伴着一具棺材。我是不是害怕呢？不，一点儿也不。虽然是可怕的棺材，但里面躺的人却是我的母亲。她永远爱她的儿子，是人，是鬼，都绝不会改变的。

正在这时候，在黑暗中外面走进来一个人，听声音是对门的宁大叔。在母亲生前，他帮助母亲种地，干一些重活，我对他真是感激不尽。他一进屋就高声说："你娘叫你哩！"我大吃一惊：母亲怎么会叫我呢？原来宁大婶"撞客"了，撞着的正是我母亲。我赶快起身，走到宁家。在平时这种事情我是绝对不会相信的。此时我却是心慌意乱了。只听从宁大婶嘴里叫了一声："喜子呀！娘想你啊！"我虽然头脑清醒，然而却泪流满面。娘的声音，我八年没有听到了。这一次如果是从母亲嘴里说出来的，那有多好啊！然而却是从宁大婶嘴里说出来的，但是听上去确实像母亲当年的声音。我信呢，还是不信呢？你不信能行吗？我糊里糊涂地如醉似的疾走了回来。在篱笆门口，地上黑黢黢的一团，是那一条忠诚的老狗。

我人躺在炕上，无论如何也睡不着了，两只眼睛望着黑暗，仿佛能感到自己的眼睛在发亮。我想了很多很多，八年来从来没有想到的事，现在全想到了。父亲死了以后，济南的经济资助几乎完全断绝，母亲就靠那半亩地维持生活，她能吃得饱吗？她一定是天天夜里躺在我现在躺的这个土炕上想她的儿子，然而儿子却音信全无。她不识字，我写信也无用。听说她曾对人说过：“如果我知道他一去不回头的话，我无论如何也不会放他走的！”这一点我为什么过去一点儿也没有想到过呢？古人说：“树欲静而风不止，子欲养而亲不待。”现在这两句话正应在我的身上，我亲自感受到了，然而晚了，晚了，逝去的时光不能再追回了！“长夜漫漫何时旦？”我切盼天赶快亮。然而，我立刻又想到，我只是一次度过这样痛苦的漫漫长夜，母亲却度过了将近三千次。这是多么可怕的一段时间啊！在长夜中，全村没有一点儿灯光，没有一点儿声音，黑暗仿佛凝结成为固体，只有一个人还瞪大了眼睛在玄想，想的是自己的儿子。伴随她的寂寥的只有一个动物，就是篱笆门外静卧的那一条老狗。想到这里，我无论如何也不敢再想下去了，如果再想下去的话，我不知道会出现什么样的情况。

母亲的丧事处理完，又是我离开故乡的时候了。临离开那一座破房子时，我一眼就看到那一条老狗仍然忠诚地趴在篱笆门口。见了我，它似乎预感到我要离开了，它站了起来，走到我跟前，在我腿上擦来擦去，对着我尾巴直摇。我一下子泪流满面。我知道这是我们的永别，我俯下身，抱住了它的头，亲了一口。我很想把它抱回济南，但那是绝对办不到的。我只好一步三回首地离开了那里，眼泪向肚子里流。

到现在这一幕已经过去了七十年。我总是不时想到这一条老狗。女主人没了，少主人也离开了，它每天到村内找点儿东西吃，究竟能够找多久呢？我相信，它绝不会离开那个篱笆门口的，它会永远趴在那里的，尽管脑袋里也会充满了疑问。它究竟趴了多久，我不知道，也许最终是饿死的。我相信，就是饿死，它也会死在那个破篱笆门口。后面是大坑里透过苇丛闪出来的水光。

我从来不信什么轮回转生，但是，我现在宁愿信上一次。我已经九十岁了，来日苦短了。等到我离开这个世界以后，我会在天上或者地下什么地方与母亲相会，趴在她脚下的仍然是这一条老狗。

二〇〇一年五月二日写完

我的家

我曾经有过一个温馨的家。那时候，老祖和德华都还活着，她们从济南迁来北京，我们住在一起。

老祖是我的婶母，全家都尊敬她，尊称之为老祖。她出身中医世家，人极聪明，很有心计。从小学会了一套治病的手段。有家传治白喉的秘方，治疗这种十分危险的病，十拿十稳，手到病除。因自幼丧母，没人替她操心，耽误了出嫁的黄金时刻，成了一位山东话称之为“老姑娘”的人。年近四十，才嫁给了我叔父，做续弦的妻子。她心灵中经受的痛苦之剧烈，概可想见。然而她是一个十分坚强的人，从来没有对人流露过，实际上，作为一个丧母的孤儿，又能对谁流露呢？

德华是我的老伴，是奉父母之命，通过媒妁之言同我结婚的。她只有小学水平，认了一些字，也早已还给老师了。她是一个真正善良的人，一生没有跟任何人闹过对立，发过脾气。她也是自幼丧母的。在她那堂姊妹兄弟众多的、生计十分困难的大家庭里，终日愁米愁面，当然也受过不少的苦，没有母亲这一把保护伞，有苦无处诉，她的青年时代是在愁苦中度过的。

至于我自己，我虽然不是自幼丧母，但是，六岁就离开了母亲，没有母爱的滋味，我尝得透而又透。我大学还没有毕业，母亲就永远离开了我，这使我抱恨终天，成为我的“永久的悔”。我的脾气，不能说是暴躁，而是急躁。想到干什么，必须立刻干成，否则就坐卧不安。我还不能说自己是个坏人，因为，除了为自己考虑外，我还能为别人考虑。我坚决反对曹操的“宁教我负天下人，休教天下人负我”。

就是这样三个人组成了一个家庭。

为什么说是一个温馨的家呢？首先是因为我们家六十年来没有吵过一次架，甚至没有红过一次脸。我想，这即使不能算是绝无仅有，也是极为难能可贵的。把这样一个家庭称之为温馨不正是恰如其分吗？其中也不是没有原因的。

我们全家都尊敬老祖，她是我们家的功臣。正当我们家经济濒于破产的时候，从天上掉下一个馅儿饼来：我获得一个到德国去留学的机会。我并没有什么凌云的壮志，只不过是想苦熬两年，镀上一层金，回国来好抢得一只好饭碗，如此而已。焉知两年一变而成了十一年。如果不是老祖苦苦挣扎，摆过小摊，卖过破烂，勉强让一老，我的叔父；二中，老祖和德华；二小，我的女儿和儿子，能够有一口饭吃，度过灾难，否则，我们家早已家破人亡了。这样一位大大的功臣，我们焉能不尊敬呢？

如果真有“毫不利己，专门利人”的人的话，那就是老祖和德华。她们忙忙叨叨买菜、做饭，等到饭一做好，她俩却坐在旁边看着我们狼吞虎咽，自己只吃残羹剩饭。这逼得我不由不从内心深处尊敬她们。

我们曾经雇过一个从安徽来的年轻女孩子当小时工，她姓杨，我们都管她叫小杨，是一个十分温顺、诚实、少言寡语的女孩子。每天在我们家干两小时的活。天天忙得没有空闲时间。我们家的两个女主人经常在午饭的时候送给小杨一个热馒头，夹上肉菜，让她吃了当午饭，立即到别的家去干活。有一次，小杨背上长了一个疮，老祖是医生，懂得其中的道理。据她说，疮长在背上，如凸了出来，这是良性的，无大妨碍。如果凹了进去，则是民间所谓的大背疮，古书上称之为疽，是能要人命的。当年范增“疽发背死”，就是这种疮。小杨患的也恰恰是这种疮。于是，小杨每天到我们家来，不是干活，而是治病，主治大夫就是老祖，德华成了助手。天天挤脓、上药，忙完整整两小时，小杨再到别的家去干活。最后，奇迹出现了，过了几个月，小杨的疽完全好了。老祖始终没有告诉她这种疮的危险性。小杨离开北京回到安徽老家以后，还经常给我们来信，可见我们家这两位女主人之恩，使她毕生难忘了。

我们的家庭成员，除了“万物之灵”的人以外，还有几个并非万物之灵的猫。我们养的第一只猫，名叫虎子，脾气真像是老虎，极为暴烈。但是，对我们三个人却十分温顺，晚上经常睡在我的被子上。晚上，我一上床躺下，虎子就和另外一只名叫咪咪的猫，连忙跳上床来，争夺我脚头上那一块地盘，沉沉地压在那里。如果我半夜里醒来，觉得脚头上轻轻的，我知道，两只猫都没有来，这时我往往难再入睡。在白天，我出去散步，两只猫就跟在我后面，我上山，它们也上山；我下来，它们也跟着下来。这成为燕园中一条著名的风景线，名传遐迩。

这难道不是一个温馨的家庭吗？

然而，光阴如电光石火，转瞬即逝。到了今天，人猫俱亡，我们的家庭只剩下了我一个人，形单影只，过了一段寂寞凄苦的生活。

然而，天无绝人之路。隔了不久，我的同事，我的朋友，我的学生，了解到我的情况之后，立刻伸出了爱援之手，使我又萌生了活下去的勇气。其中有一位天天到我家来“打工”，为我操吃操穿，读信念报，招待来宾，处理杂务，不是亲属，胜似亲属。让我深深感觉到，人间毕竟是温暖的，生活毕竟是“美丽的”（我讨厌这个词儿，姑且用之）。如果没有这些友爱和帮助，我恐怕早已登上了八宝山，与人世“拜拜”了。

那些非万物之灵的家庭成员如今数目也增多了。我现在有四只纯种的，从家乡带来的波斯猫，活泼、顽皮，经常挤入我的怀中，爬上我的脖子。其中一只，尊号毛毛四世的小猫，正在爬上我的脖子，被一位摄影家在不到半秒钟的时间内抢拍了一个镜头，赫然登在《人民日报》上，受到了许多人的赞扬，成为蜚声猫坛的一只世界名猫。

眼前，虽然我们家只剩下我一个孤家寡人，你难道能说这不是一个温馨的家吗?

二〇〇〇年十一月五日

寂寞

寂寞像大毒蛇，盘住了我整个的心，我自己也奇怪：几天前喧腾的笑声现在还萦绕在耳际，我竟然给寂寞克服了吗？

但是，克服了，是真的，奇怪又有什么用呢？笑声虽然萦绕在耳际，早已恍如梦中的追忆了，我只有一颗心，空虚寂寞的心被安放在一个长方形的小屋里。我看四壁，四壁冰冷像石板，书架上一行行排列着的书，都像一行行的石块，床上棉被和大衣的折纹也都变成雕刻家手下的作品了。死寂，一切死寂，更死寂的却是我的心——我到了庞培（Pompeii）了吗？不，我自己证明没有，隔了窗子，我还可以看见袅动的烟缕，虽然还在袅动，但是又是怎样的微弱呢——我到了西敏斯大寺（Westminster Abbey）了吗？我自己又证明没有，我看不到阴森的长廊，看不到诗人的墓圹，我只是被装在一个长方形的小屋里，四周圈着冰冷的石板似的墙壁。我究竟在什么地方呢？桌子上那两盆草的曼长嫩绿的枝条，反射在镜子里的影子，我透过玻璃杯看到的淡淡的影子；反射在电镀过的小钟座上的影子，在平常总轻轻地笼罩上一层绿雾，不是很美丽有生气的吗？为什么也变成浮雕般地呆僵着不动呢？——一切完了，一切都给寂寞吞噬了，寂寞凝定在墙上挂的相片上，凝定在屋角的蜘蛛网上，凝定在镜子里我自己的影子上……

一切都真的给寂寞吞噬了吗？不，还有我自己，我试着抬一抬胳膊，还能抬得起，我摆了摆头，镜子里的影子也还随着动，我自己问：是谁把我放在这里的呢？是我自己，现在我才发现，就是自己，我能逃——

我能逃，然而，寂寞又跟上我了呀！在平常我们跑着百米抢书的图书馆，不是很热闹的吗？现在为什么也这样冷清呢？我从这头看到那头，像看一个朦胧的残梦，淡黄的阳光从窗子里穿进来造成一条光的路，又射在光滑的桌面上，不耀眼，不辉腾，只是死死地贴在桌上，像——像什么呢？我不愿意说，像乡间黑漆棺材上贴的金边。寥寥的几个看书的，错落地散坐着，使我想到月明夜天空里的星子，但也都石像似的坐着，不响也不动。是人吗？不是，我左右看全不像。像木乃伊？又不像，因为我闻不到木乃伊应该有的那种香味。像死尸？有点，但也不全像——我看到他们僵坐的姿势了，我看到他们一个个的翻着的死白的眼了。我现在知道他们像什么，像鱼市里的死鱼，一堆堆地排列着，鼓着肚皮，翻着白眼，可怕！然而我能逃，然而寂寞又跟上了我，我向哪里逃呢？

到了世界的末日了吗？世界的末日，多可怕！以前我曾自己想象，自己是世界上最后的一个生物，因了这无谓的想象，我流过不知多少汗，但是现在却真教我尝到这个滋味了。天空倒挂着，像个盆；远处的西山，近处的楼台，都仿佛剪影似的贴在这灰白盆底上；小鸟缩着脖子站在土山上，不动，像博物院里的标本；流水在冰下低缓地唱着丧歌；天空里破絮似的云片，看来像一贴贴的膏药，糊在我这寂寞的心上；枯枝丫杈着，看来像鱼刺，也刺着我这寂寞的心。

但是，我在身旁发现有人影在游动了，我知道，我自己不是世界上最后的生物。我在内心里浮起一丝笑意，但是（又是但是）却怪，没等这笑意浮到脸上，我又看到我身旁的人也同样翻着死白的眼，像木乃伊？像僵尸？像鱼市上陈列的死鱼？谁耐心去管，战栗通过了我全身，我想逃，寂寞驱逐着我，我想逃，向哪里逃呢？——天哪！我不知道向哪里逃了。

夜来，随了夜来的是更多的寂寞。当我从外面走回宿舍的时候，四周死一般沉寂，但总仿佛有窸窣的脚步声绕在我四周，说声，其实哪里有什么声呢？只是我觉得有什么东西跟着我而已，倘若在白天，我一定说这是影子；倘若睡着了，我一定说这是梦。究竟是什么呢？我知道，这是寂寞。从远处，我看到压在黑暗的夜气下面的宿舍，以前不是每个窗子都射出温热的软光来吗？但是，变了，一切变了，大半的窗子都黑黑的，闭着的寥寥的几个窗子，无力地迸射出几条光线来，又都是怎样暗淡灰白呢？——不，这不是窗子里射出的灯光，这是墓地里的鬼火，这是魔窟里发出的魔光，我是到了鬼影憧憧的世界里了，我自己也成了鬼影了。

我平卧在床上，让柔弱的灯光流在我的身上，让寂寞在我四周跳动，静听着远处传来的跫跫的足音，隐隐地，细细弱弱到听不清、听不见了，这声音从哪里传来的呢？是从辽远又辽远的国土里呀！是从寂寞的大沙漠里呀！但是，又像比辽远的国土更辽远。我的小屋是坟墓，这声音是从墓外过路人的脚下跟出来的呀！离这里多远呢？想象不出，也不能想象，望吧！是一片茫茫的白海流布在中间，海里是什么呢？是寂寞。

隔了窗子，外面是死寂的夜，从蒙翳的玻璃里看出去，不见灯光，不见一切东西的清晰的轮廓，只是黑暗。在黑暗里的迷离的树影，丫杈着，刺着暗灰的天。在三个月前，这秃光的枯枝上，有过一串串的叶子，在萧瑟的秋风里打战，又罩上一层淡淡的黄雾。再往前，在五六个月以前吧，同样的这枯枝上织上一丛丛的茂密的绿，在雨里凝成浓翠，在毒阳下闪着金光。倘若再往前推，在春天里，这枯枝上嵌着一颗颗火星似的红花，远处看，辉耀着，像火焰——但是，一转眼，溜到现在，现在怎样了呢？变了，全变了，只剩了秃光的枯枝，刺着天空，把小小的温热的生命力蕴蓄在这枯枝的中心，外面披上这层刚劲的皮，忍受着北风的狂吹，忍受着白雪的凝固，忍受着寂寞的来袭，同我一样。

它也该同我一样切盼着春的来临，切盼着寂寞的退走吧。春什么时候会来呢？寂寞什么时候会走呢？这漫漫的长长的夜，这漫漫的更长的冬……

一九三四年一月二十二日

回忆

回忆很不好说。究竟什么才算是回忆呢？我们时时刻刻沿了人生的路向前走着，时时刻刻有东西映入我们的眼里——即如现在吧，我一抬头就可以看到清浅的水在水仙花盆里反射的冷光，漫在水里的石子的晕红和翠绿，茶杯里残茶在软柔的灯光下照出的几点金星。但是，一转眼，眼前的这一切，早跳入我的意想里，成轻烟，成细雾，成淡淡的影子，再看起来，想起来，说起来的话，就算是我的回忆了。

只说眼前这一步，只有这一点儿淡淡的影子，自然是迷离的。但是我自从踏到世界上来，走过不知多少的路。回望过去的茫茫里，有着我的足迹叠成的一条白线，一直引到现在，而且还要引上去。我走过都市的路，看尘烟缭绕在栉比的高屋的顶上。我走过乡村的路，看似水的流云笼罩着远村，看金海似的麦浪。我走过其他许许多多的路，看红的梅，白的雪，潋滟的流水，十里稷稷的松壑，死人的蜡黄的面色，小孩充满了生命力的踊跃。我在一条路上接触到种种的面影，熟悉的，不熟悉的。这一切的一切都在我走着的时候，蓦地成轻烟，成细雾，成淡淡的影子，储在我的回忆里。有的也就被埋在回忆的暗陬里，忘了。当我转向另一条路的时候，随时又有新的东西，另有一群面影凑集在我的眼前。蓦地又成轻烟，成细雾，成淡淡的影子。移入我的回忆里，自然也有的被埋在暗陬里，忘了新的影子挤入来，又有旧的被挤到不知什么地方去幻灭，有的简直就被挤了出去。以后，当另一群更新的影子挤进来的时候，这新的也就追踪了旧的命运。就这样，挤出，挤进，一直到现在。我的回忆里残留着各样的影子、色彩，分不清先先后后，萦混成一团了。

我就带着这萦混的一团从过去的茫茫里走上来。现在抬头就可以看到水仙花盆里反射的水的冷光，水里石子的晕红和翠绿，残茶在灯下照出的几点金星。自然，前面已经说过，这些都要倏地变成影子，移入回忆里，移入这萦混的一团里，但是在未移入以前，这萦混的一团影子说不定就在我的脑里浮动起来，我就自然陷入回忆里去了——陷入回忆里去，其实是很不费力的事。我面对着当前的事物。不知怎的，迷离里忽然电光似的一掣，立刻有灰蒙蒙的一片展开在我的意想里，仿佛是空空的，没有什么，但随便我想到曾经见过的什么，立刻便有影子浮现出来。跟着来的还不止一个影子，两个，三个，多了，更多了。影子在穿梭，在萦混。又仿佛电光似的一掣，我又顺着一条线回忆下去——比如回忆到故乡里的秋吧。先仿佛看到满场里乱摊着的谷子，黄黄的。再看到左右摆动的老牛的头，飘浮着云烟的田野，屋后银白的一片萩芦。再沉一下心，还仿佛能听到老牛的喘气，柳树顶蝉的曳长了的鸣声。豆荚在日光下毕剥的炸裂声。蓦地，有如阴云漫过了田野，只在我的意想里一晃，在故乡里的这些秋的影子上面，又挤进来别的影子了——红的梅、白的雪、潋滟的流水、十里稷稷的松壑、死人的蜡黄的面色，小孩充满了生命力的踊跃。同时，老牛的影、芦花的影、田野的影，也站在我的心里的一个角隅里。这许多的影子掩映着，混起来。我再不能顺着刚才的那条线想下去。又有许多别的历乱的影子在我的意念里跳动，如电光石火，眩了我的眼睛。终于，我一无所见，一无所忆。仍然展开了灰蒙蒙的一片，空空的，什么也没有。我的回忆也就停止了。

我的回忆停止了，但是决不能就这样停止下去。我仍然说，我们时时刻刻沿着人生的路向前走着，时时刻刻就有回忆萦绕着我们——再说到现在吧。灯光平流到我面前的桌上，书页映出了参差的黑影。看到这黑影，我立刻想到在过去不知什么时候看过的远山的淡影。玻璃杯反射着清光。看了这清光，我立刻想到月明下千里的积雪。我正写着字，看了这一颗颗的字，也使我想到阶下的蚁群……倘若再沉一下心，我可以想到过去在某处见过这样的山的淡影。在另一个地方也见过这样的影子，纷纷的一团。于是想了开去，想到同这影子差不多的影子，纷纷的一团。于是又想了开去，仍然是纷纷的一团影子。但是同这山的淡影，同这书页映出的参差的黑影却没有一点儿关系了。这些影子还没幻灭的时候，又有别的影子隐现在它们后面，朦胧，暗淡，有着各样的色彩。再往里看，又有一层影子隐现在这些影子后面，更朦胧，更暗淡，色彩也更繁复……一层，一层，看上去，没有完。越远越暗淡了下去。到最后，只剩那么一点儿绰绰的形象。就这样，在我的回忆里，一层一层地，这许许多多的影子、色彩，分不清先先后后，又萦混成一团了。

我仍然带了这萦混的一团影走上去。倘若要问：这些影子都在什么地方呢？我却说不清了。往往是这样，一闭眼，先是暗冥冥的一片，再一看，里面就有影子。但再问：这暗冥冥的一片在什么地方呢？恐怕只有天知道吧。当我注视着一件东西发愣的时候，这些影子往往就叠在我眼前的东西上。在不经意的时候，我常把母亲的面影叠在茶杯上。把忘记在什么时候看到的一条长长的伸到水里去的小路叠在Hölderlin的全集上，把一树灿烂的海棠花叠在盛着花的土盆上，把大明湖里的塔影叠在桌上铺着的晶莹的清玻璃上，把晚秋黄昏的一天暮鸦叠在墙角的蜘蛛网上，把夏天里烈日下的火红的花团叠在窗外草地上平铺着的白雪上……然而，只要一经意，这些影子立刻又水纹似的幻化开去。同了这茶杯的，这Hölderlin全集的，这土盆的，这清玻璃的，这蜘蛛网的，这白雪的。影子跳入我们的回忆里，在将来的不知什么时候，又要叠在另一些放在我眼前的东西上了。

将来还没有来，而且也不好说。但是，我们眼前的路不正引向将来去吗？我看过了清浅的水在水仙花盆里反射的冷光，映在水里的石子的晕红和翠绿，残茶在软柔的灯光下照出的那几点金星。也看过了茶杯、Hölderlin全集、土盆、清玻璃、蜘蛛网、白雪，第二天我自然看到另一些新的东西。第三天我自然看到另一些更新的东西。第四天，第五天……看到的东西多起来。这些东西都要倏地成轻烟，成细雾，成淡淡的影子，储在我的回忆里吧。这一团萦混的影子，也要更萦混了。等我不能再走，不能再看的时候，这一团也要随了我走应当走的最后的路。然而这时候，我却将一无所见，一无所忆。这一团影子幻失到什么地方去了呢？随了大明湖里的倒影飘散到迷茫里去了吗？随了远山的淡霭被吸入金色的黄昏里去了吗？说不清，而且也不必说——反正我有过回忆了。我还希望什么呢？

一九三四年一月十四日

长生不老

长生不老，过去中国历史上，颇有一些人追求这个境界。那些炼丹服食的老道不就是想“丹成入九天”吗？结果却是“服食求神仙，多为药所误”，最终还是翘了辫子。

最积极的应该数那些皇帝老爷子。他们骑在人民头上，作威作福，后宫里还有佳丽三千，他们能舍得离开这个世界吗？于是千方百计，寻求长生不老之术。最著名的有秦皇、汉武、唐宗、宋祖——这后一位情况不明，为了凑韵，把他拉上了——最后都还是宫车晚出，龙驭上宾了。

我常想，现代人大概不会再相信长生不老了。然而，前几天阅报说，有的科学家正在致力于长生不老的研究。我心中立刻一闪念：假如我晚生80年，现在年龄9岁，说不定还能赶上科学家们研究成功，我能分享一份。但我立刻又一闪念，觉得自己十分可笑。自己不是标榜豁达吗？“应尽便须尽，无复独多虑。”原来那是自欺欺人。老百姓说：“好死不如赖活着。”我自己也属于“赖”字派。

我有时候认为，造化小儿创造出人类来，实在是多此一举。

如果没有人类，世界要比现在安静祥和得多了。可造化小儿也立了一功：他不让人长生不老。否则，如果人人都长生不老，我们今天会同孔老夫子坐在一条板凳上，在长安大戏院里欣赏全本的《四郎探母》，那是多么可笑而不可思议的情景啊！我继而又一想，如果5000年来人人都不死，小小的地球上早就承担不了了。所以我们又应该感谢造化小儿。

在对待生命问题上，中国人与印度人迥乎不同。中国人希望转生，连唐明皇和杨贵妃不也是希望“生生世世为夫妻”吗？印度人则在笃信轮回转生之余，努力寻求跳出轮回的办法。以佛教而论，小乘终身苦修，目的是想达到涅槃。大乘顿悟成佛，目的也无非是想达到涅槃。涅槃者，圆融清静之谓，这个字的原意就是“终止”，终止者，跳出轮回不再转生也。中印两国人民的心态，在对待生死大事方面，是完全不同的。

据我个人的看法，人一死就是涅槃，不用你苦苦去追求。那种追求是“可怜无补费工夫”。在亿万年地球存在的期间，一个人只能有一次生命。这一次生命是万分难得的。我们每一个人都必须认识到这一点，切不可掉以轻心。尽管人的寿夭不同，这是人们自己无能为力的。不管寿长寿短，都要尽力实现这仅有的一次生命的价值。多体会“民胞物与”的意义，使人类和动植物都能在仅有的一生中过得愉快，过得幸福，过得美满，过得祥和。

二〇〇〇年十月七日

不完满才是人生

每个人都争取一个完满的人生。然而，自古及今，海内海外，一个百分之百完满的人生是没有的。所以我说，不完满才是人生。

关于这一点，古今的民间谚语、文人诗句，说到的很多很多。最常见的比如苏东坡的词："人有悲欢离合，月有阴晴圆缺，此事古难全。"南宋方岳（根据吴小如先生考证）诗句："不如意事常八九，可与人言无二三。"这都是我们时常引用的，脍炙人口的。类似的例子还能够举出成百上千来。

这种说法适用于一切人，旧社会的皇帝老爷子也包括在里面。他们君临天下，"率土之滨，莫非王臣"，可以为所欲为，杀人灭族，小事一端。按理说，他们不应该有什么不如意的事。然而，实际上，王位继承，宫廷斗争，比民间残酷万倍。他们威仪俨然地坐在宝座上，如坐针毡。虽然捏造了"龙御上宾"这种神话，但他们自己也并不相信。他们想方设法以求得长生不老，他们最怕"一旦魂断，宫车晚出"。连英主如汉武帝、唐太宗之辈也不能“免俗”。汉武帝造承露金盘，妄想饮仙露以长生；唐太宗服印度婆罗门的灵药，期望借此以不死。结果，事与愿违，仍然是“龙御上宾”呜呼哀哉了。

在这些皇帝手下的大臣，“一人之下，万人之上”，权力极大，骄纵恣肆，贪赃枉法，无所不至。在这一类人中，好东西大概极少，否则包公和海瑞等绝不会流芳千古，久垂宇宙了。可这些人到了皇帝跟前，只是一个奴才，常言道：伴君如伴虎，可见他们的日子并不好过。据说明朝的大臣上朝时在笏板上夹带一点鹤顶红，一旦皇恩浩荡，钦赐极刑，连忙用舌尖舔一点鹤顶红，立即涅槃，落得一个全尸。可见这一批人的日子也并不好过，谈不到什么完满的人生。

至于我辈平头老百姓，日子就更难过了。新中国成立前后，不能说没有区别，可是一直到今天仍然是“不如意事常八九”。早晨在早市上被小贩“宰”了一刀；在公共汽车上被扒手割了包，踩了人一下，或者被人踩了一下，根本不会说“对不起”了，代之以对骂，或者甚至演出全武行；到了商店，难免买到假冒伪劣的商品，又得生一肚子气……谁能说，我们的人生多是完满的呢？

再说到我们这一批手无缚鸡之力的知识分子，在历史上一生中就难得过上几天好日子。只一个“考”字，就能让你谈“考”色变。“考”者，考试也。在旧社会科举时代，“千军万马过独木桥”，要上进，只有科举一途，你只需读一读吴敬梓的《儒林外史》，就能淋漓尽致地了解到科举的情况。以周进和范进为代表的那一批举人进士，其窘态难道还不能让你胆战心惊、啼笑皆非吗？

现在我们运气好，得生于新社会中。然而那一个“考”字，宛如如来佛的手掌，你别想逃脱得了。幼儿园升小学，考；小学升初中，考；初中升高中，考；高中升大学，考；大学毕业想当硕士，考；硕士想当博士，考。考、考、考，变成烤、烤、烤；一直到知命之年，厄运仍然难免。现代知识分子落到这一张密而不漏的天网中，无所逃于天地之间，我们的人生还谈什么完满呢？

灾难并不限于知识分子：“人人有一本难念的经。”所以我说“不完满才是人生”。这是一个“平凡的真理”，但是真能了解其中的意义，对己对人都有好处。对己，可以不烦不躁；对人，可以互相谅解。这会大大地有利于整个社会的安定团结。

一九九八年八月二十日

傻瓜

天下有没有傻瓜？有的，但却不是被别人称作“傻瓜”的人，而是认为别人是傻瓜的人，这样的人自己才是天下最大的傻瓜。

我先把我的结论提到前面明确地摆出来，然后再条分缕析地加以论证。这有点违反胡适之先生的“科学方法”。他认为，这样做是西方古希腊亚里士多德首倡的演绎法，是不科学的。科学的做法是他和他老师杜威的归纳法，先不立公理或者结论，而是根据事实，用“小心地求证”的办法，去搜求证据，然后才提出结论。

我在这里实际上并没有违反“归纳法”。我是经过了几十年的观察与体会，阅尽了芸芸众生的种种相，去粗取精、去伪存真以后，才提出了这样的结论的。为了凸现它的重要性，所以提到前面来说。

闲言少叙，书归正传。有一些人往往以为自己最聪明。他们争名于朝，争利于世，锱铢必较，斤两必争。如果用正面手段，表面上的手段达不到目的的话，则也会用些负面的手段，暗藏的手段，来蒙骗别人，以达到损人利己的目的。结果怎样呢？结果是：有的人真能暂时得逞，“春风得意马蹄疾，一日看尽长安花”。大大地辉煌了一阵，然后被人识破，由座上客一变而为阶下囚。有的人当时就能丢人现眼。《红楼梦》中有两句话说：“机关算尽太聪明，反误了卿卿性命。”这话真说得又生动，又真实。我绝不是说，世界上人人都是这样子，但是，从中国到外国，从古代到现代，这样的例子还算少吗？

原因何在？原因就在于：这些人都把别人当成了傻瓜。

我们中国有几句尽人皆知的俗话：“善有善报，恶有恶报；不是不报，时候未到；时候一到，一切皆报。”这真是见道之言。把别人当傻瓜的人，归根结底，会自食其果。古代的统治者对这个道理似懂非懂。他们高叫：“民可使由之，不可使知之。”是想把老百姓当傻瓜，但又很不放心，于是派人到民间去采风，采来了不少政治讽刺歌谣。杨震是聪明人，对向他行贿者讲出了“四知”。他知道得很清楚：除了天知、地知、你知、我知之外，不久就会有一个第五知——人知。他是不把别人当作傻瓜的。还是老百姓最聪明。他们中的聪明人说：“若要人不知，除非己莫为。”他们不把别人当傻瓜。

可惜把别人当傻瓜的现象，自古亦然，于今尤烈。救之之道只有一条：不自作聪明，不把别人当傻瓜，从而自己也就不是傻瓜。哪一个时代，哪一个社会，只要能做到这一步，全社会就都是聪明人，没有傻瓜，全社会也就会安定团结。

真理愈辨愈明吗

学者们常说：真理愈辨愈明。我也曾长期虔诚地相信这一句话。

但是，最近我忽然大彻大悟，觉得事情正好相反，真理是愈辨愈糊涂。

我在大学时，曾专修过一门课——西洋哲学史。后来又读过几本《中国哲学史》和《印度哲学史》。我逐渐发现，世界上没有哪两个或多个哲学家的学说完全是一模一样的。有如大自然中的树叶，没有哪几片是绝对一样的。有多少树叶就有多少样子。在人世间，有多少哲学家就有多少学说。每个哲学家都认为自己掌握了真理，有多少哲学家就有多少真理。

专以中国哲学而论，几千年来，哲学家们不知创造了多少理论和术语。表面上看起来，所用的中国字都是一样的，然而哲学家们赋予这些字的含义却不相同。比如韩愈的《原道》是脍炙人口、家喻户晓的。文章开头就说："博爱之谓仁，行而宜之之谓义，由是而之焉之谓道，足乎己无待于外之谓德。"韩愈大概认为，仁、义、道、德就代表了中国的道。他的解释简单明了，一看就懂。然而，倘一翻《中国哲学史》，则必能发现，诸家对这四个字的解释多如牛毛，各自自是而非他。

哲学家们辨（分辨）过没有呢？他们辩（辩论）过没有呢？他们既辨又辩。可是结果怎样呢？结果是让读者如堕入五里雾中，眼花缭乱，无所适从。我顺手举两个中国过去辨和辩的例子。一个是《庄子·秋水》。庄子与惠子游于濠梁之上。庄子曰："鲦鱼出游从容，是鱼乐也。"惠子曰："子非鱼，安知鱼之乐？"庄子曰："子非我，安知我不知鱼之乐？"我觉得，惠施还可以答复："子非我，安知我不知子不知鱼之乐？"这样辩论下去，一万年也得不到结果。

还有一个辩论的例子是取自《儒林外史》。丈人说："你赊了猪头肉的钱不还，也来问我要，终日吵闹这事，哪里来的晦气！"陈和甫的儿子道："老爹，假如这猪头肉是你老人家自己吃了，你也要还钱。"丈人道："胡说！我若吃了，我自然还。这都是你吃的！"陈和甫儿子道："设或我这钱已经还过老爹，老爹用了，而今也要还人。"丈人道："放屁！你是该人的钱，怎是我用的钱，怎是我用你的？"陈和甫儿子道："万一猪不生这个头，难道他也来问我要钱？"

以上两个辩论的例子，恐怕大家都是知道的。庄子和惠施都是诡辩家。《儒林外史》是讽刺小说。要说这两个对哲学辩论有普遍的代表性，那是言过其实。但是，倘若你细读中外哲学家辨和辩的文章，其背后确实潜藏着与上面两个例子类似的东西。这样的辨和辩能使真理愈辨愈明吗？戛戛乎难矣哉！

哲学家同诗人一样，都是在作诗。作不作由他们，信不信由你们。这就是我的结论。

一九九七年十月二日

长寿之道

我已经到了望九之年，可谓长寿矣。因此经常有人向我询问长寿之道、养生之术。

我敬谨答曰："养生无术是有术。"

这话看似深奥，其实极为简单明了。我有两个朋友，十分重视养生之道，每天锻炼身体，至少要练上两个钟头。曹操诗曰："对酒当歌，人生几何？"人生不过百年，每天费上两个钟头，统计起来，要有多少钟头啊！利用这些钟头，能做多少事情呀！如果真有用，也还罢了。他们二人，一个先我而走，一个卧病在家，不能出门。

因此，我首创了三"不"主义：不锻炼，不挑食，不嘀咕，名闻全国。

我这个三"不"主义，容易招误会，我现在利用这个机会解释一下。我并不绝对反对适当的体育锻炼，但不要过头。一个人如果天天望长寿如大旱之望云霓，而又绝对相信体育锻炼，则此人心态恐怕有点失常，反不如顺其自然为佳。

至于不挑食，其心态与上面相似。常见有人年才逾不惑，就开始挑食，蛋黄不吃，动物内脏不吃，每到吃饭，战战兢兢，如履薄冰，窘态可掬，看了令人失笑。以这种心态而欲求长寿，岂非南辕而北辙！

我个人认为，第三点最为重要。对什么事情都不嘀嘀咕咕，心胸开朗，乐观愉快，吃也吃得下，睡也睡得着，有问题则设法解决之，有困难则努力克服之，决不视芝麻绿豆大的窘境如苏迷庐山般大，也决不毫无原则随遇而安，决不玩世不恭。“应尽便须尽，无复独多虑。”有这样的心境，焉能不健康长寿？

我现在还想补充一点，很重要的一点。根据我个人七八十年的经验，一个人决不能让自己的脑筋投闲散置，要经常让脑筋活动着。根据外国一些科学家实验结果，“用脑伤神”的旧说法已经不能成立，应改为“用脑长寿”。人的衰老主要是脑细胞的死亡。中老年人的脑细胞虽然天天死亡，但人一生中所启用的脑细胞只占细胞总量的四分之一，而且在活动的情况下，每天还有新的脑细胞产生。只要脑筋的活动不停止，新生细胞比死亡细胞数目还要多。勤于动脑筋，则能经常保持脑中血液的流通状态，而且能通过脑筋协调控制全身的功能。

我过去经常说：“不要让脑筋闲着。”我就是这样做的。结果是有人说我“身轻如燕，健步如飞”。这话有点过了头，反正我比同年龄人要好些，这却是真的。原来我并没有什么科学根据，只能算是一种朴素的直觉。现在读报纸，得到了上面认识。在沾沾自喜之余，谨做补充如上。

这就是我的“长寿之道”。

一九九七年十月二十九日

衣着的款式

在衣着方面，我是著名的顽固保守派。我有几套——套数不详——深蓝色卡其布的中山装。虽然衣龄长短不一，但是最年轻的也有十年以上的历史了。虽然同为深蓝，但其间毕竟还有细微差别。可是年深日久，又经过多次洗濯，其差别越来越难辨析。我顺手抓来，穿在身上。明眼人一看，就能看出是张冠李戴，我则老眼昏花，不辨雌雄，怡然自得。

对此我有自己的哲学基础：吃饭是为了自己，而穿衣则是为了别人。道理自明，不用辩证。哪有一个人穿着华丽，珠光宝气，天天坐在菱花镜前，顾影自怜？如果真正有的话，他或她距入疯人院的日期也不会远了。

谈到衣着的款式，我有一个非常具体的经验。五十多年前，回国初到上海，买了一件风雨衣，至今虽然袖子已经磨破，我仍然照穿不误。不意内行人忽然对我说：这正是当今最流行的款式！乍听之下，大吃一惊。继而思之，极有道理。要举例子，就在手边。若干年前曾一度流行穿喇叭裤，一夜之间，仿佛有神力催动，满街盈巷，人山人海中无不喇叭矣。然而“蟪蛄不知春秋”，又在一夜之间，又仿佛有神风劲吹，喇叭一下子都销声匿迹了。我现在敢于预言：有朝一日，说不定在哪一天，喇叭又会君临大地。

我觉得，人类很注意衣着款式，这无关天下安危，可以不必去管。但是，人类在这一方面所表现出来的智慧却低得令我吃惊。什么皮尔·卡丹，什么这国巧匠，什么那国大师，挖空心思，花样翻新，翻来翻去，差别甚微。又来了我那句老话：三十年河东，三十年河西。你等着瞧吧。到了三十年，肯定翻了回来。如果真有一个造物的智者，他会从宇宙黑洞里什么地方，笑看我们这个小球上的自以为极其聪明的芸芸众生，就像我们看猴山的群猴。

这种极低的智慧还表现在另一个方面。同样一件衣服，从小商店里买，比从燕莎、蓝岛等商城里买，价钱会相差十倍二十倍。然而非工薪阶层的大款们却一定会弃小就大。衣服上又很难大书燕莎、蓝岛等字样，这会有碍美观。前几年有人戴舶来品的眼镜，会把原来的商标保留在镜片上，宁愿目光被挡，也在所不惜。这同某一些农民身着西装，打好领带，到田中去干活，同样让人感到不那么舒服。我真想成为一名服装设计师，把燕莎、蓝岛一类的字眼蕴藏在衣服的某一部分内，隐而不发，彰而不露。我一定能取得专利，成为大师。可惜我是志大才疏。像我这样的人，只配穿蓝卡其布的中山装。

一九九七年四月二十三日

新年抒怀

除夕之夜，半夜醒来，一看表，是一点半钟，心里轻轻地一颤：又过去一年了。

小的时候，总希望时光快快流逝，盼过节，盼过年，盼迅速长大成人。然而，时光却偏偏好像停滞不前，小小的心灵里溢满了忿忿不平之气。

但是，一过中年，人生之车好像是从高坡上滑下，时光流逝得像电光一般，它不饶人，不了解人的心情，愣是狂奔不已。一转眼间，“两岸猿声啼不住，轻舟已过万重山”。滑过了花甲，滑过了古稀，少数幸运者或者什么者，滑到了耄耋之年。人到了这个境界，对时光的流逝更加敏感。年轻的时候考虑问题是以年计，以月计。到了此时，是以日计，以小时计了。

我是一个幸运者或者什么者，眼前正处在耄耋之年。我的心情不同于青年，也不同于中年，纷纭万端，绝不是三两句就能说清楚的。我自己也理不出一个头绪来。

过去的一年，可以说是我一生最辉煌的年份之一。求全之毁根本没有，不虞之誉却多得不得了，压到我身上，使我无法消化，使我感到沉重。有一些称号，初戴到头上时，自己都感到吃惊，感到很不习惯。就在除夕的前一天，也就是前天，在解放后第一次全国性的国家图书奖会议上，在改革开放以来十几年的、包括文理法农工医以及军事等方面的九万多种图书中，在中宣部和财政部的关怀和新闻出版署的直接领导下，经过全国七十多位专家的认真细致的评审，共评出国家图书奖45种。只要看一看这个比例数字，就能够了解获奖之困难。我自始至终参加了评选工作。至于自己同获奖有份，一开始时，我连做梦都没有梦到。然而结果我却有两部书获奖。在小组会上，我曾要求撤出我那一本书，评委不同意。我只能以不投自己的票来处理此事。对这个结果，要说自己不高兴，那是矫情，那是虚伪，为我所不取。我更多地感觉到的是惶恐不安，感觉到惭愧。许多非常有价值的图书，出于种种原因，没能评上，自己却一再滥竽。这也算是一种机遇，也是一种幸运吧。我在这里还要补上一句：在旧年的最后一天的《光明日报》上，我读到老友邓广铭教授对我的评价，我也是既感且愧。

我过去曾多次说到，自己向无大志，我的志是一步步提高的，有如水涨船高。自己绝非什么天才，我自己评估是一个中人之才。如果自己身上还有什么可取之处的话，那就是，自己是勤奋的，这一点差堪自慰。我是一个富于感情的人，是一个自知之明超过需要的人，是一个思维不懒惰、脑筋永远不停地转动的人。我得利之处，恐怕也在这里。过去一年中，在我走的道路上，撒满了玫瑰花，到处是笑脸，到处是赞誉。我成为一个“很可接触者”。要了解我过去一年的心情，必须把我的处境同我的性格，同我内心的感情联系在一起。

现在写“新年抒怀”，我的“怀”，也就是我的心情，在过去一年我的心情是什么样子的呢？

首先是，我并没有被鲜花和赞誉冲昏了头脑，我的头脑是颇为清醒的。一位年轻的朋友说，我似乎忘记了自己的年龄。这只是一个表面现象。尽管从表面上来看，我似乎是朝气蓬勃，在学术上野心勃勃，我揽的工作远远超过一个耄耋老人所能承担的，我每天的工作量在同辈人中恐怕也居上乘。但是我没有忘乎所以，我并没有忘记自己的年龄。在友朋欢笑之中，在家庭聚乐之中，在灯红酒绿之时，在奖誉纷至沓来之时，我满面含笑，心旷神怡，却蓦地会在心灵中一闪念：“这一出戏快结束了！”我像撞客的人一样，这一闪念紧紧跟随着我，我摆脱不掉。

是我怕死吗？不，不，绝不是的。我曾多次讲过：我的性命本应该在“十年浩劫”中结束的。在比一根头发丝还细的偶然性中，我侥幸活了下来。从那以后，我所有的寿命都是白捡来的；多活一天，也算是“赚”了。而且对于死，我近来也已形成了一套完整的看法：“应尽便须尽，无复独多虑。”死是自然规律，谁也违抗不得。用不着自己操心，操心也无用。

那么我那种快煞戏的想法是怎样来的呢？记得在大学读书

时，读过俞平伯先生的一篇散文《重过西园码头》，时隔六十余年，至今记忆犹新。其中有一句话："从现在起我们要仔仔细细地过日子了。"这就说明，过去日子过得不仔细，甚至太马虎。俞平伯先生这样，别的人也是这样，我当然也不例外。日子当前，总过得马虎。时间一过，回忆又复甜蜜。宋词中有一句话——"当时只道是寻常"，真是千古名句，道出了人们的这种心情。我希望，现在能够把当前的日子过得仔细一点，认为不寻常一点。特别是在走上了人生最后一段路程时，更应该这样。因此，我的快煞戏的感觉，完全是积极的，没有消极的东西，更与怕死没有牵连。

在这样的心情的指导下，我想得很多很多，我想到了很多的人。首先是想到了老朋友，清华时代的老朋友胡乔木，最近几年曾几次对我说，他想要看一看年轻时候的老朋友。他说："见一面少一面了！"初听时，我还觉得他过于感伤。后来逐渐品味出他这一句话的分量。可惜他前年就离开了我们，走了。去年我用实际行动响应了他的话。我邀请了六七位有五六十年友谊的老友聚了一次。大家都白发苍苍了，但都兴会淋漓。我认为自己干了一件好事。我哪里会想到，参加聚会的吴组缃现已病卧医院中。我听了心中一阵颤动。今天元旦，我潜心默祷，祝他早日康复，参加我今年准备的聚会。没有参加聚会的老友还有几位。我都一一想到了，我在这里也为他们的健康长寿祷祝。

我想到的不只有老年朋友，年轻的朋友，包括我的第一代、第二代、第三代的学生，无论是在国内，还是在国外，我也都一一想到了。我最近颇接触了一些青年学生，我认为他们是我的小友。不知道为什么我对这一群小友的感情越来越深，几乎可以同我的年龄成正比。他们朝气蓬勃，前程似锦。我发现他们是动脑筋的一代，他们思考着许许多多的问题，淳朴，直爽，处处感动着我。俗话说："长江后浪推前浪，世上新人换旧人。"我们祖国的希望和前途就寄托在他们身上，全人类的希望和前途也寄托在他们身上。对待这一批青年，唯一正确的做法是理解与爱护，诱导与教育，同时还要向他们学习。这是就公而言。在私的方面，我同这些生龙活虎般的青年在一起，他们身上那一股朝气，充盈洋溢，仿佛能冲刷掉我身上这一股暮气，我顿时觉得自己年轻了若干年。同青年们接触真能延长我的寿命。古诗说："服食求神仙，多为药所误。"我一不服食，二不求神。青年学生就是我的药石，就是我的神仙。我企图延长寿命，并不是为了想多吃人间几千顿饭。我现在吃的饭并不特别好吃，多吃若干顿饭是毫无意义的。我现在计划要做的学术工作还很多，好像一个人在日落西山的时分，前面还有颇长的路要走。我现在只希望多活上几年，再多走几程路，在学术上再多做点工作，如此而已。

在家庭中，我这种煞戏的感觉更加浓烈。原因也很简单，必然是因为我认为这一出戏很有看头，才不希望它立刻就煞，因而才有这种浓烈的感觉。如果我认为这一出戏不值一看，它煞不煞与己无干，淡然处之，这种感觉从何而来？过去几年，我们家屡遭大故。老祖离开我们，走了。女儿也先我而去。这在我的感情上留下了永远无法弥补的伤痕。尽管如此，我仍然有一个温馨的家。我的老伴、儿子和外孙媳妇仍然在我的周围。我们和睦相处，相亲相敬。每一个人都是一个最可爱的人。除了人以外，家庭成员还有两只波斯猫，一只顽皮，一只温顺，也都是最可爱的猫。家庭的空气怡然，盎然。可是，前不久，老伴突患脑溢血，住进医院。在她没病的时候，她已经不良于行，整天坐在床上。我们平常没有多少话好说。可是我每天从大图书馆走回家来，好像总嫌路长，希望早一点到家。到了家里，在破藤椅上一坐，两只波斯猫立即跳到我的怀里，让我搂它们睡觉。我也眯上眼睛，小憩一会儿。睁眼就看到从窗外流进来的阳光，在地毯上流成一条光带，慢慢地移动。在百静中，万念俱息，怡然自得。此乐实不足为外人道也。然而老伴却突然病倒了。在那些严重的日子里，我再从大图书馆走回家来，我在下意识中，总嫌路太短，我希望它长，更长，让我永远走不到家。家里缺少一个虽然坐在床上不说话却散发着光与热的人。我感到冷清，我感到寂寞，我不想进这个家门。在这样的情况下，我心里就更加频繁地出现那一句话：“这一出戏快煞戏了！”但是，就目前的情况来看，老伴虽然仍然住在医院里，病情已经有了好转。我在盼望着，她能很快回到家来，家里再有一个虽然不说话但却能发光发热的人，使我再能静悄悄地享受沉静之美，让这一出早晚要煞戏的戏再继续下去演上几幕。

按世俗的算法，从今天起，我已经达到八十三岁的高龄了，几乎快到一个世纪了。我虽然不爱出游，但也到过三十个国家，应该说是见多识广。在国内将近半个世纪，经历过峰回路转，经历过柳暗花明，快乐与苦难并列，顺利与打击杂陈。我脑袋里的回忆太多了，过于多了。眼前的工作又是头绪万端，谁也说不清我究竟有多少名誉职称，说是打破纪录，也不见得是夸大。但是，在精神上和身体上的负担太重了，我真有点承受不住了。尽管正如我上面所说的，我一不悲观，二不厌世，可是我真想休息了。古人说："大块劳我以生，息我以死。"德国伟大诗人歌德晚年有一首脍炙人口的诗，最后一句是ruhst du auch（你也休息），仿佛也表达了我的心情，我真想休息一下了。

心情是心情，活还是要活下去的。自己身后的道路越来越长，眼前的道路越来越短，因此前面剩下的这短短的道路，更弥加珍贵。我现在过日子是以天计，以小时计。每一天每一个小时都是可贵的。我希望真正能够仔仔细细地过，认认真真地过，细细品味每一分钟每一秒钟，我认为每一分每一秒都不"寻常"。我希望千万不要等到以后再感到"当时只道是寻常"，空吃后悔药，徒唤奈何。对待自己是这样。对待别人，也是这样。我希望尽上自己最大的努力，使我的老朋友，我的小朋友，我的年轻的学生，当然也有我的家人，都能得到愉快。我也绝不会忘掉自己的祖国。只要我能为她做到的事情，不管多么微末，我一定竭尽全力去做。只有这样，我心里才能获得宁静，才能获得安慰。“这一出戏就要煞戏了”，它愿意什么时候煞，就什么时候煞吧。

现在正是严冬。室内春意融融，窗外万里冰封。正对着窗子的那一棵玉兰花，现在枝干光秃秃的一点生气都没有。但是枯枝上长出的骨朵却象征着生命，蕴含着希望。花朵正蜷缩在骨朵内心里，春天一到，东风一吹，会立即绽开白玉似的花。池塘里，眼前只有残留的枯叶在寒风中在层冰上摇曳。但是，我也知道，只等春天一到，坚冰立即化为粼粼的春水。现在蜷缩在黑泥中的叶子和花朵，在春天和夏天里都会蹿出水面。在春天里，“莲叶何田田”。到了夏天，“接天莲叶无穷碧，映日荷花别样红”。那将是何等光华烂漫的景色啊。“既然冬天到了，春天还会远吗？”我现在一方面脑筋里仍然会不时闪过一个念头——“这一出戏快煞戏了”，这丝毫也不含糊，但是，另一方面我又觉得这一出戏的高潮还没有到，恐怕在煞戏前的那一刹那才是真正的高潮，这一点也决不含糊。

一九九四年一月一日

叁……

随遇而安，不复多虑

如果你考虑正面，又考虑反面之后，
再回头来考虑，如此循环往复，
最终成为考虑的巨人，行动的侏儒。

星光的海洋

星光，星光，星光……

到处都是星光。

是星光的瀚海，是星光的大洋；是星光的密林，是星光的丛莽；有红，有绿；有白，有黄；有大，有小；有弱，有强；有明，有暗；有高，有低；有远，有近；有疏，有密；有的成堆，有的成行；有的排成一线，有的组成一方；瞻之在前，忽焉在后；光辉灿烂，绵延数十里；汪洋浩瀚，好像充塞了天地。有时候，这星光的海洋似乎已经达到了黑暗的边缘；我满以为，在此之外，已是无边无际的大黑暗了。然而，只要一转瞬，再往上一看，依然是一片星光。

星光，星光，星光……

到处都是星光。

是夏夜的星空从天上落到地上来了吗？是哪一个神话世界里的神灯从虚无缥缈的高天上飘到人间来了吗？我有点儿迷惑，有点儿恍惚，有点儿好奇，有点儿糊涂。我注意探讨，仔细研究，猛然发现，这些都不是，都不是。这根本不是星光，而是绵延不断的灯光。

我抬头向上看，在这一片我原来误认为是星光的灯光上面，亮晶晶的一大片，大大小小的一群在那里眨着眼睛，那才是真正的星光。我低头向下看，看到星光和灯光在水面上的倒影，金光闪闪，像一条条的金蛇。原来就在我脚下，在我伫立的一个小小的山头的下面几十米深的黑暗处，从左边流来了嘉陵江，从右边流来了“不尽长江滚滚来”的长江。江声低咽，金波摇影。我现在不是在天上，而是在人间；不是在人间别的地方，而是在嘉陵江和长江汇流处的重庆。嘉陵江上通四川辽阔的地区，长江下达更辽阔的地区，一直通到大海。我正站在祖国的大地上，我眼前是重庆，是重庆的夜晚。眼前的一片星光是这座山城高高低低的山坡上的群灯。

在白天里，我曾在这一座山城里蜂房般的鳞次栉比的房屋的迷宫中漫游。我曾出出进进于大小商店之中，看点儿什么，买点儿什么。我也曾在大街上滚滚的人流中漫步，没有什么固定的目的，只是作为一个外地人，一个旁观者看看而已。我看玻璃窗里陈列的五光十色的商品；我看街旁菜摊上摆的有一些我叫不出名的蔬菜。我间或也能看到一些少数民族的妇女穿着花团锦簇颜色鲜艳的服装，头上和手上戴着的首饰闪闪发出银白色的光芒。我顾而乐之，忘记了时间的流逝。

最使我难忘的是我瞻仰的一些革命圣地，比如红岩、曾家岩、周公馆、桂园，等等。特别是红岩，更给我留下了永不磨灭的印象。我怀着十分虔敬的心情在这个革命圣地里走上走下，在那些大大小小的房间里瞻望。我的步履很轻很轻，我几乎屏止住了呼吸。我一向景仰的那一些革命前辈仿佛还住在这里。我不敢放肆，我怕打扰了他们的清净。在院子里，虽然现在时令已是冬天，但是那些五颜六色的菊花却傲然凌霜怒放，显示出与众不同的骨气。最引起我注意的是一丛开着红色花朵的我不知道名字的蔓藤，红得像火焰，像朝霞，耀眼惊心。就在这红色花朵的旁边矗立着一棵高大的黄桷树。在那黑云压城特务横行的日子里，在这棵大树的向外面的一侧是阴间。过了这棵树是红岩的主楼，就是阳间。因此，人民群众把这棵大树称作阴阳树。今天我来到了这棵树下，看到它枝干突兀腾跃，矫健挺拔，尖顶直刺灰蒙蒙的天空，好像把我的心情也带向高处。站在树下，我久久不想离去。今天我们全国人民都住在阳间，阴间已经消失得无影无踪了。我心头之兴奋可以想见了。也许是由于兴奋过度，我没有注意树上是否有灯。即使有的话，我也绝不会把灯光误认为星光。

眼前白天已经转入暗夜，我登上了长江和嘉陵江汇流处的三角洲头。白天看到的那一些密密麻麻的大街、小巷、高楼、低舍，我都看不到了，都没入一片迷茫的黑暗中。我眼前看到的只有万家灯火，高高低低，前后左右，汇成了一片星光的海洋。

我当然不知道红岩、曾家岩、周公馆、桂园等都在什么地方，我更不知道，那里现在是否都亮起了红灯。但是，我确信，在这一片灯光的海洋中，有几盏灯就是挂在那里的。红岩、曾家岩、周公馆、桂园，每一个窗口都会有闪亮的红灯让灯光流出，汇入这浩渺的灯光的海洋里。其中那最明亮、最高大的一盏一定是挂在阴阳树上。在它辉耀的光线的照耀下，我仿佛看到了大树下那些傲霜怒放的菊花，小红灯笼似的累累垂垂的花朵，衬托着碧绿的叶子，散发出无穷的活力。当年在这一座黑暗弥天的山城里，那些向往光明的人们，特别是青年们，一定是望眼欲穿地望着阴阳树上的这一盏明灯而欢欣鼓舞。这明灯给他们以信心，给他们以勇气，给他们以方向，给他们以安身立命之地。他们终于在灯光的照耀下，慢慢地冲出黑暗，奔向光明。我那时虽然不在重庆，但是，我确信，一定是有这样一盏灯的，而这灯又必然是异常明亮，异常光辉灿烂的。

今天，弥天的黑暗已经永远消失了，光明降临到大地上。我来到了重庆，缅怀往事，心潮腾涌。我很后悔，为什么当年竟没能够来到这里，看一看红岩、曾家岩、周公馆和桂园等地，献上我的一瓣心香？现在，我站在两江汇流处的三角洲山头上，面对山城的万家灯火，五十年的往事一下子逗上心头。回首前尘，唯余感慨；瞻望未来，意气风发。我完完全全沉浸在幻想之中。一转瞬间，眼前的万家灯光又突然变成了星光。这星光把我带到天上去，带到那片能抒发畅想曲的碧落中去。

星光，星光，星光……

到处都是星光。

一九八一年草稿

一九八四年十二月十三日修改于深圳

一九八五年一月十五日抄于燕园

尼泊尔随笔

加德满都的狗

我小时候住在农村里，终日与狗为伍，一点儿也没有感觉到狗这种东西有什么稀奇的地方。但是狗却给我留下了极其深刻的印象。我母亲逝世以后，故乡的家中已经空无一人。她养的一条狗——连它的颜色我现在都回忆不清楚了——却仍然日日夜夜卧在我们家门口，守着不走。女主人已经离开人世，再没有人喂它了。它好像已经意识到这一点。但是它却坚决宁愿忍饥挨饿，也决不离开我们那破烂的家门口。黄昏时分，我形单影只从村内走回家来，屋子里摆着母亲的棺材，门口卧着这一只失去了主人的狗，泪眼汪汪地望着我这个失去了慈母的孩子，有气无力地摇摆着尾巴，嗅我的脚。茫茫宇宙，好像只剩下这只狗和我。此情此景，我连泪都流不出来了。我流的是血，而这血还是流向我自己的心中。我本来应该同这只狗相依为命，互相安慰。但是，我必须离开故乡，我又无法把它带走。离别时，我流着泪紧紧地搂住了它。我遗弃了它，真正受到良心的谴责。几十年来，我经常想到这一只狗，直到今天，我一想到它，还会不自主地流下眼泪。我相信，我离开家以后，它也绝不会离开我们的门口。它的结局我简直不忍想下去了。母亲有灵，会从这一只狗身上得到我这个儿子无法给她的慰藉吧。

从此，我爱天下一切狗。

但是我迁居大城市以后，看到的狗渐渐少起来了。最近多少年以来，北京根本不许养狗。狗简直成了稀有动物，只有到动物园里才能欣赏了。

我万万没有想到，我到了加德满都以后，一下飞机，在机场受到热情友好的接待，汽车一驶离机场，驶入市内，在不算太宽敞的马路两旁就看到了大狗、小狗、黑狗、黄狗，在一群衣履比较随便的小孩子中间，摇尾乞食，低头觅食。

这是一件小事，却使我喜出望外：久未晤面的亲爱的狗竟在万里之外的异域会面了。

狗们大概完全不理解我的心情，它们大概连辨别本国人和外国人的本领还没有学会。我这里一往情深，它们却漠然无动于衷，只是在那里摇尾低头，到处嗅着，想找到点儿什么东西吃吃。

晚上，我们从中国大使馆回旅馆的时候，天已经完全黑了。加德满都的大街上，电灯不算太多，霓虹灯的数目更少一些。我在阴影中又隐隐约约地看到了大狗、小狗、黑狗、黄狗，在那里到处嗅着。回到旅馆，在沐浴后上床的时候，从远处的黑暗中传来了阵阵的犬吠声。古人说，深夜犬吠若豹。我现在听到的不是吠声若豹，而是吠声若犬。这事当然并不稀奇。可这并不稀奇的若犬的犬吠声却给我带来了无尽的甜蜜的回忆。这甜蜜的犬吠声一直把我送入我在加德满都过的第一夜的梦中。

一九八六年十一月二十五日凌晨，于苏尔提宾馆

乌鸦和鸽子

傍晚，我们来到了清凉宫。正当我全神贯注地欣赏绿玉似的草地和珊瑚似的小红花的时候，忽然听到天空里一阵哇哇的叫声。啊！是乌鸦。一片黑影遮蔽了半个天空。想不到暮鸦归巢的情景竟在这里看到了。

这使我立即想起了三十多年以前我第一次缅甸之行。我首先到了仰光，那种堆绿叠翠的热带风光牢牢地吸引住了我。但是，更吸引住了我使我感到无限惊异的是那里的乌鸦之多。我敢说，在世界的任何地方都不会有这么多的乌鸦。据说，缅甸人虔信佛教，佛教禁止杀生到了可笑的地步。乌鸦就乘此机会大大地繁殖起来，其势猛烈，大有将三千大千世界都化为乌鸦王国的劲头。

我曾在距离仰光不太远的伊洛瓦底江口看到我生平第一次见到的最大的乌鸦群，恐怕有几万只。停泊在江边的大小船的桅杆上、船舱上、船边上，到处都落满了乌鸦，漆黑一大片。在空中

盘旋飞翔的，数目还要超过几倍。简直成了乌鸦的世界，乌鸦的天堂，乌鸦的乐园。乌鸦的这个，乌鸦的那个，我理屈词穷，我说不出究竟是乌鸦的什么了。

今天早晨，也就是到清凉宫去的第二天的早晨，我参观哈奴曼多卡古王宫时，我又第二次看到了我生平见到的最大的乌鸦群之一，大概有上千只吧。它们忽然一下子从王宫高塔的背面飞了出来，嗯哨一声，其势惊天动地，在王宫天井上盘旋了一阵，又嗯哨一声，飞到不知道什么地方去了。

乌鸦在中国不被认为是吉祥的动物，名声不佳。人们听到它们的鸣声，往往起厌恶之感。可是这些年以来，在北京，甚至在树木葱茏的燕园里面，除了麻雀以外，别的鸟很少见到了。连令人讨厌的乌鸦也逐渐变得不那么讨厌了。它们那种绝不能算是美妙的叫声，现在听起来大有日趋美妙之势了。

我在加德满都不但见到了乌鸦，而且也见到了鸽子。

鸽子在北京现在还是能够见到的，都是人家养的，从来没有听说过野鸽子。记得我去年春天到印度新德里去参加《罗摩衍那》的作者蚁垤国际诗歌节，住在一所所谓五星旅馆的第十九层楼上。有一天，我出去开会，忘记了关窗子。回来一开门，听到鸽子咕噜咕噜的叫声。原来有两位长着翅膀的不速之客，乘我不在的时候，到我房间里来了。两只鸽子就躲在我的沙发下面亲热起来，谈情说爱，卿卿我我，正搞得火热。看到我进来，它俩坦然无动于衷，丝毫没有想逃避的意思，也看不出一点儿内疚之意。倒是我对于这种“突然袭击”感到有点儿局促不安了。原来印度人决不伤害任何动物。鸽子们大概从它们的鼻祖起就对人不怀戒心，它们习惯于同人们和平共处了。反观我们自己的国家，情况有很大的不同。专就北京来说，鸟类的数目越来越少。每当我在燕园内绿树成荫的地方，或者在清香四溢的荷花池边，看到年轻人手持猎枪、横眉竖目，在寻觅枝头小鸟的时候，我简直内疚于心，说不出话来。难道在这些地方我们不应该向印度等国家学习吗？

我不是哲学家，也不喜欢，更不擅长去哲学地思考。但是古今中外都有不少的哲人，主张人与大自然应该浑然一体，人与鸟兽（有害于人类的适当除外）应该和睦相处，相向无猜，谁也离不开谁，谁都在大自然中有生存的权利。我是衷心地赞成这些主张的。即使到了人类大同的地步，除了人与人之间的关系应该同过去完全不同之外，人与大自然的关系，其中也包括人与鸟兽的关系，也应该大大地改进。我不相信任何宗教，我也不是素食主义者。人类赖以为生的动植物，非吃不行的，当然还要吃。只是那些不必要的、损动物而不利己的杀害行为，应该断然制止。

写到这里，我忽然想到一件不大不小的事：过去有一段时间，竟然把种草养花视为修正主义。我百思不得其解。有这种主张的人有何理由？是何居心？真使我惊诧不已。世界一切美好的东西，不管是人类，还是鸟兽虫鱼、花草树木，我们都应该会欣赏，有权利去欣赏。我认为，这是天经地义的真理。难道在僵化死板的气氛中生活下去才算得上唯一正确吗？

放下笔，正是黎明时分。窗外加德满都的大雾又升起来了。从弥漫天地的一片白色浓雾的深处传来了咕咕的鸽子声，我的心情立刻为之一振，心旷神怡，好像饮了尼泊尔和印度神话中的甘露。

一九八六年十一月二十六日凌晨

雾

浓雾又升起来了。

近几天以来，我早晨起床后第一件事就是推开窗子，欣赏外面的大雾。

我从来没有喜欢过雾。为什么现在忽然喜欢起来了呢？这其中有一点儿因缘。前天在飞机上，当飞临西藏上空时，机组人员说，加德满都现在正弥漫着浓雾，能见度只有一百米，飞机降落怕有困难。加德满都方面让我们飞得慢一点儿。我当时一方面有点儿担心，害怕如果浓雾不消，我们将降落何方？另一方面，我还有点儿好奇：加德满都也会有浓雾吗？但是，浓雾还是消了，我们的飞机按时降落在尼泊尔首都机场。机场上阳光普照。

因此，我就对雾产生了好奇心和兴趣。

抵达加德满都的第二天凌晨，我一起床，推开窗子：外面是大雾弥天。昨天下午我们从加德满都的大街上看到城北面崇山峻岭，层峦叠嶂，个个都戴着一顶顶的白帽子。这些都是万古雪峰，在阳光下闪出耀眼的银光。这是我生平第一次看到这种景象，我简直像小孩子一般地喜悦。现在大雾遮蔽了一切，连那些万古雪峰也隐没不见了，一点儿影子也不给留下。旅馆后面的那几棵参天古树，在平常时候，高枝直刺入晴空，现在只留下淡淡的黑影，衬着白色的大雾，宛如一张中国古代的画。昨天抵达旅馆下车时，我看到一个尼泊尔妇女背着一筐红砖，倒在一大堆砖上。现在我看到一个男子，手里拿着一堆红红的东西。我以为他拿的也是红砖。但是当他走得近了一点儿时，我才发现那一堆红红的东西簌簌抖动，原来是一束束红色的鲜花。我不禁自己笑了起来。

正当我失神落魄地自己暗笑的时候，忽然听到不知从哪里传来的咕咕的叫声。浓雾虽然遮蔽了形象，但是却遮蔽不住声音。我知道，这是鸽子的声音。当我侧耳细听时，又不知从哪里传来了阵阵的犬吠声。这都是我意想不到的情景。我万万没有想到，我在加德满都学会了喜欢的两种动物：鸽子和狗，竟同时都在浓雾中出现了。难道浓雾竟成了我在这个美丽的山城里学会欣赏的第三件东西吗？

世界上，喜欢雾的人似乎是并不多的。英国伦敦的大雾是颇有一点儿名气的。有一些作家写散文、写小说来描绘伦敦的雾，我们读起来觉得韵味无穷。对于尼泊尔文学我所知甚少。我不知道，是否也有尼泊尔作家专门写加德满都的雾。但是，不管是在伦敦，还是在加德满都，明目张胆大声赞美浓雾的人，恐怕是不会多的，其中原因我不甚了了，我也没有那种闲情逸致去钻研探讨。我现在在这高山王国的首都来对浓雾大唱赞歌，也颇出自己的意料。过去我不但没有赞美过雾，而且也没有认真去观察过雾。我眼前是由赞美而达到观察，由观察而加深了赞美。雾能把一切东西：美的、丑的、可爱的、不可爱的，都给罩上一层或厚或薄的轻纱，让清楚的东西模糊起来，从而带来了另外一种美，一种在光天化日之下看不到的美，一种朦胧的美，一种模糊的美。

一些时候以前，当我第一次听到模糊数学这个名词的时候，我曾说过几句怪话：数学比任何科学都更要求清晰，要求准确，怎么还能有什么模糊数学呢？后来我读了一些介绍文章，逐渐了解了模糊数学的内容。我一反从前的想法，觉得模糊数学真是一个了不起的发现。在人类社会中，在日常生活中，在社会科学和自然科学中，有着大量模糊的东西。无论如何也无法否认这些东西的模糊性。承认这个事实，对研究学术和制定政策等都是有好处的。

在大自然中怎样呢？在大自然中模糊不清的东西更多。连审美观念也不例外。有很多东西，在很多时候，朦胧模糊的东西反而更显得美。月下观景，雾中看花，不是别有一番情趣在心头吗？在这里，观赏者有更多的自由，自己让自己的幻想插上翅膀，上天下地，纵横六合，神驰于无何有之乡，情注于自己制造的幻象之中，你想它是什么样子，它立刻就成了什么样子，比那些一清见底、纤毫不遗的东西要好得多，而且绝对一清见底、纤毫不遗的东西，在大自然中是根本不存在的。

我的幻想飞腾，忽然想到了这一切。我自诧是神来之笔，我简直陶醉在这些幻象中了。这时窗外的雾仍然稠密厚重，它似乎了解了我的心情，感激我对它的赞扬。它无法说话，只是呈现出更加美妙更加神秘的面貌，弥漫于天地之间。

一九八六年十一月二十六日

神牛

我又和我的老朋友神牛在加德满都见面了。这是我意料中但又似乎有点儿出乎意料的事情。

过去，我曾在印度的加尔各答和新德里等大城市的街头见到过神牛。三十多年以前我第一次访问印度的时候，在加尔各答那些繁华的大街上第一次见到神牛。在全世界，似乎只有信印度教的国家才有这种神奇的富有浪漫色彩的动物。当时它们在加尔各答的闹市中，在车水马龙里面，在汽车喇叭和电车铃声的喧闹中，三五成群，有时候甚至结成几十头上百头的庞大牛群，昂首阔步，威仪俨然，真仿佛天上天下，唯我独尊。它们对人类社会的一切现象，对人类一切的新奇的发明创造，什么电车汽车，又是什么自行车摩托车，全不放在眼中。它们对人类的一切显贵，什么公子王孙，什么体操名将、电影明星，什么学者专家，全不放在眼中。它们对人类创造的一切法律、法规，全不放在眼中。它们是绝对自由的，愿意到什么地方去，就到什么地方去；愿意在什么地方卧倒，就在什么地方卧倒。加尔各答是印度最大的城市，大街上车辆之多，行人之多，令人目瞪口呆。公元前就有的马车和牛车，直至最新式的流线型的汽车，再加上涂饰华美的三轮摩托车，上下两层的电车，无不具备。车声、人声、马声、牛声，混搅成一团，喧声直抵印度神话中的三十三天。在这种情况下，几头神牛，有时候竟然兴致一来，卧在电车轨道上，“我困欲眠君且去”，闭上眼睛，睡起大觉来。于是汽车转弯，小车让路，电车脱离不了轨道，只好停驶。没有哪一个人敢去驱赶这些神牛。

对像我这样的外国人来说，这种情景实在是“匪夷所思”，实在是非常有趣。我很想研究一下神牛的心理。但是从它们那些善良温顺的大眼睛里我什么也看不出，猜不出。它们也许觉得，人类真是奇妙的玩意儿。他们竟然聚居在这样大的城市里，还搞出了这样多不用马拉牛拖就会自己跑的玩意儿。这些神牛也许会想到，人这种动物反正都害怕我们，没有哪一个人敢动我们一根毫毛，我们索性就愿意怎样干就怎样干吧。

但是，据我的观察，它们的日子也并不怎么好过。虽然没有人穿它们的鼻子，用绳子牵着走，稍有违抗，则挨上一鞭，但是也没有人按时给它们喂食喂水。它们只好到处游荡，自己谋食。

看它们那种瘦骨嶙峋的样子，大概营养也并不好。而且它们虽然被认为是神牛，并没有长生不老之道，它们的死亡率并不低。当我隔了二十年第二次访问加尔各答的时候，在同一条大街上，我已经看不到当年那种十几头上百头牛游行在一起的庞大阵容了。只剩下零零落落的几头老牛徘徊在那里，寥若晨星，神牛的家族已经很不振了。看到这情景，我倒颇有一些寂寞苍凉之感。但是神牛们大概还不懂什么“牛口学”（对人口学而言），也不懂什么未来学，它们不会为二十一世纪的“牛口”问题而担忧，这也算是一种“难得糊涂”吧。

我似乎不曾想到，隔了又将近十年，我来到尼泊尔，又在加德满都街头看到久违的神牛了。我在上面曾说到，这次重逢是在意料中的，因为尼泊尔同印度一样是信奉印度教的国家。我又说有点儿出乎意料，不曾想到，是因为尼泊尔毕竟不是印度。不管怎么样，我反正是在加德满都又同神牛会面了。

在这里，神牛的神气同印度几乎一模一样，虽然数目相差悬殊。在大马路上，我只见到了几头。其中有一头，同它的印度同事一样，走着走着，忽然卧倒，傲然地躺在马路中间，摇着尾巴，扑打飞来的苍蝇，对身旁驶过的车辆，连瞅都不瞅。不管是什么样的车辆，都只能绕它而行，绝没有哪一个人敢去惊扰它。隔了几天，我又在加德满都郊区看见了几头，在青草地上悠然漫步。它是不是有“食草绿树下，悠然见雪山”的雅兴呢？我不敢说。可是我看到它那种悠闲自在的神态，真正羡慕煞人，它真像是活神仙了。尼泊尔是半热带国家，终年青草不缺，这就为神牛的生活提供了保证。

神牛们有福了！

我祝愿神牛们能够这样优哉游哉地活下去。我祝愿它们永远不会想到“牛口”问题。

神牛们有福了！

一九八六年十一月二十七日凌晨

时窗外浓雾中咕咕的鸽声于耳

游兽主（Pasupati）大庙

我们从尼泊尔皇家植物园返回加德满都城，路上绕道去看闻名南亚次大陆的印度教的圣地兽主大庙。

大庙所处的地方并不重要，要走过几条狭窄又不十分干净的小巷子才能走到。尼泊尔的圣河、同印度圣河恒河并称的波特摩瓦底河，流过大庙前面。在这一条圣河的岸边建筑了几个台子，据说是焚烧死人尸体的地方。焚烧剩下的灰就近倾入河中。这一条河同印度恒河一样，据说是通向天堂的。骨灰倾入河中，人就上升天堂了。

兽主是印度教三大主神之一，平常被称作湿婆的就是。湿婆的象征linga，是一个大石柱。这里既然是湿婆的庙，所以linga也被供在这里，就在庙门外河对岸的一座石头屋子里。据说，这里的妇女如果不生孩子，来到linga前面，烧香磕头，然后用手抚摩linga，回去就能怀孕生子。是不是真正这样灵验呢？只有天知道或者湿婆大神知道了。

庙门口皇皇然立着一个大木牌，上面写着："非印度教徒严禁入内。"我们不是印度教徒，当然只能从外面向门内张望一番，然后望望然去之。庙内并不怎样干净，同小说中描绘的洞天福地迥乎不同。看上去好像也并没有什么神圣或神秘的地方。古人诗说："凡所难求皆绝好。"既然无论如何也进不去，只好觉得庙内一切"皆绝好"了。

人们告诉我们，这座大庙在印度也广有名气。每年到了什么节日，信印度教的印度人不远千里，跋山涉水，到这里来朝拜大神。我们确实看到了几个苦行僧打扮的人，但不知是否就是从印度来的。不管怎样，此处是圣地无疑，否则拄竹杖梳辫子的圣人苦行者也不会到这里来流连盘桓了。

说老实话，我从来也没有信过任何神灵。我对什么神庙，什么兽主，什么linga，并不怎么感兴趣。引起我兴趣的是另外一些东西。庙中高阁的顶上落满了鸽子。虽然已近黄昏，暮色从远处的雪山顶端慢慢下降，夕阳残照古庙颓垣，树梢上都抹上了一点金黄。是鸽子休息的时候了。但是它们好像还没有完全休息，从鸽群中不时发出了咕咕的叫声。比鸽子还更引起我的兴趣的是猴子。房顶上，院墙上，附近居民的屋子上，圣河小桥的栏杆上，到处都是猴，又跳又跃，又喊又叫。有的老猴子背上背着小猴子，或者怀里抱着小猴子，在屋顶与屋顶之间，来来往往，片刻不停。有的背上驮着一片夕阳，闪出耀眼的金光。当它们走上桥头的时候，我也正走到那里。我忽然心血来潮，伸手想摸一下一只小猴，没想到老猴子决不退避，而是龇牙咧嘴，抬起爪子，准备向我进攻。这种突然袭击，真正震慑住了我，我连忙退避三舍，躲到一旁去了。

我忽然灵机一动，想入非非。我上面已经说到，印度教的庙非印度教徒是严禁入内的。如果硬往里闯，其后果往往非常严酷。但这只是对人而言。对猴子则另当别论。人不能进，但是猴子能进。难道因为是畜类而格外受到优待吗？猴子们大概根本不关心人间的教派、人间的种姓、人间的阶级、人间的官吏，什么法律规章，什么达官显宦，它们统统不放在眼中，而是加以蔑视。从来也没有什么人把猴子同宗教信仰联系起来。猴子是这样，鸽子也是这样，在所有的国家统统是这样。猴子们和鸽子们大概认为，人间的这一些花样都是毫无意义的。它们独往独来，天马行空，海阔凭鱼跃，天高任鸟飞，它们比人类要自由得多。按照一些国家轮回转生的学说，猴子们和鸽子们大概未必真想转生为人吧！

我的幻想实在有点儿过了头，还是赶快收回来吧。在人间，在我眼前的兽主大庙门前，人们熙攘往来。有的衣着讲究，有的浑身褴褛。苦行者昂首阔步，满面圣气，手拄竹杖，头梳长发，走在人群之中，宛如鸡群之鹤。卖鲜花的小贩，安然盘腿坐在小铺子里，恭候主雇大驾光临。高鼻子蓝眼睛满头黄发的外国青年男女，背着书包，站在那里商量着什么。神牛们也夹在中间，慢慢前进。讨饭的瞎子和小孩子伸手向人要钱。小铺子里摆出的新鲜的白萝卜等菜蔬闪出了白色的光芒。在这些拥挤肮脏的小巷子里散发出一种不太让人愉快的气味，一团人间繁忙的气象。

我们也是凡夫俗子，从来没有想超凡入圣，或者转生成什么贵人，什么天神，什么菩萨，等等等等。对神庙也并不那么虔敬。可是尼泊尔人对我们这些“洋鬼子”还是非常友好的。他们一不围观，二不嘲弄。小孩子见了我们，也都和蔼地一笑，然后腼腼腆腆地躲在母亲身后，露出两只大眼睛瞅着我们。我们觉得十分可爱，十分好玩。我们知道，我们是处在朋友们中间。兽主大庙的门没为我们敞开，这是千百年来的流风遗俗，我们丝毫也不介意。我们心情怡悦。当我们离开大庙时，听到了圣河里潺潺的流水声。我们祝愿，尼泊尔朋友在活着的时候就能通过这条圣河，走向人间天堂。我们也祝愿，兽主大庙里千奇百怪的神灵会加福给他们！

一九八六年十一月三十日离别尼泊尔前，于苏尔提旅馆

海德拉巴

我脑海里有两个海德拉巴：一个是二十七年以前的，一个是今天的。

二十七年前，当我第一次访问印度时，我曾来到这里，而且住了三四天之久。时间相隔既然是这样悠久，我对海德拉巴的记忆，就只剩下了一些断片，破碎支离，不能形成一个清晰的整体。在一团灰色的回忆的迷雾中，时时闪出了巨大的红色的斑点，这是木棉花。我当时曾惊诧于这里木棉树之高、之大，花朵开得像碗口那样大，而且开在参天的巨树上。这对于我这生长在北国的人来说，确实像是一个奇迹，留在脑海里的印象就永生难忘了。

但是，除了木棉花之外，再也不能清晰地回忆起什么东西来。只还记得住在尼扎姆的迎宾馆中，庭院清幽，台殿阒静，绿草如茵，繁花似锦；还有一些爬山虎之类的蔓藤，也都开着五彩斑斓的花，绿叶肥大，花朵绚丽，红彤彤，绿油油，显出一片茂盛热闹的景象。至于室内的情况，房屋的结构，则模糊成一团，几乎完全回忆不起来了。

我们到海德拉巴的第一天晚上，就到一个富丽堂皇的宫殿般的邸宅里去拜会尼扎姆的一位兄弟还是什么亲属，我记不清楚了。印度著名的女诗人奈都夫人好像同他也有什么亲戚关系。奈都夫人的女儿陪我们游遍全印。我们就在这里遇到了奈都夫人的弟弟。他对我们非常热情，同我们谈到印度农民的生活情况，他们每年的收入，以及他们养的牛和收成，等等，给我留下了深刻的印象。同印度上流社会的人物谈印度农民，这是比较少见的事。从他的言谈中，我体会到，他对印度农民怀有深切的关怀。这当然使我很受感动。他说话的情态，说话时的眼神至今一闭眼仿佛就出现在眼前。我的印象：印度各阶层的人，许多都是希望同中国加强联系，继承和发扬我们两国人民之间的传统友谊。

二十七年前的海德拉巴留给我的印象就只剩下了这一点点。如果需要归纳一下的话，我可以归纳为八个字：清新美妙，富丽堂皇。

一转瞬间，时间竟过去了二十七年，今天我又来到了海德拉巴。我看到的却完全是另一番景象：拥挤不堪的街道，熙熙攘攘的人群，中间奔驰着横冲直撞纵横交错的各种车辆。二十世纪的汽车、摩托车，同公元前的马车、牛车并肩前进，快慢悬殊，而且好像是愿意怎样走就怎样走，愿意在什么地方停，就在什么地方停，这当然更增加了混乱。行人的衣着也是五光十色，同这一些车辆配合在一起形成了一幅色调迷乱但又好像有着内在节奏的图画，奏成了一曲喧声沸腾但又不十分刺耳的大合唱。

这就是我看到的今天的海德拉巴。如果需要归纳一下的话，我也可以归纳为八个字：喧阗吵闹，烟雾迷腾。

我有点儿迷惘，有点儿不解：难道这就真是海德拉巴吗？我记忆中的海德拉巴完全不是这个样子的，那一个海德拉巴要美妙得多，幽静得多。但是我眼前看到的确实就是这个样子。那么究竟哪一个海德拉巴是真实的呢？两个当然都是真实的，但是两个似乎又都不够真实。最真实的只有印度人民对中国人民的深情厚谊。二十七年前是这样，今天仍然是这样。这一点是丝毫也不容怀疑的。

在海德拉巴，同在印度其他大城市一样，我们接触到的人民，对我们都特别友好。我们在这里参加过群众大会，也是人山人海，万头攒动，花环戴得你脖子受不住，眼睛看不见，花香猛冲鼻官，从鼻子一直香到心头。我曾到奥斯玛尼亚大学去参加全校欢迎大会，教授和学生挤满了大礼堂。副校长（在印度实际上就是校长）亲自出面招待，主持大会，并亲自致欢迎词。他在致辞中说，希望我讲一讲教育和劳动的问题。我感到这个题目太大，大有不知从何处说起之感，临时决定讲中国唐代研究梵文的情况，讲到玄奘，讲到义净的《梵语千字文》和礼言的《梵语杂名》，等等，似乎颇引起听众的兴趣。我知道，在印度，只要讲中印友谊，必然博得热烈的掌声，在海德拉巴也不例外。我们也参加了印中友好协会海德拉巴分会举行的欢迎大会。这次大会开得颇为新颖别致，同时却又生动热烈。大家都盘腿坐在地上，主席台上下完全一样。台上铺着极大的白布垫子，我们都脱掉鞋子坐在上面。照例给中国朋友大戴其花环。黄色花朵组成的花环，倒也罢了。红色玫瑰花组成的花环却引起了一点儿不安。鲜红的玫瑰花瓣从花环上不停地往下掉落，撒满了坐垫，原来雪白的坐垫，一下子变成了红色花毯。我们就坐在玫瑰花瓣丛中。坐碎了的花瓣染得白布上点点如桃花，芬芳的香气溢满鼻孔，飘拂在空中。我们就在这香气氤氲中倾听着中印两国朋友共颂中印友谊。

所有这一切当然都给我留下难以忘怀的甜蜜的回忆。但是最难以忘怀、最甜蜜的还是对海德拉巴动物园的参观。

印度许多大城市都有动物园。二十七年前我到印度的时候，曾经参观过不少。有的规模非常大，比如加尔各答的动物园，在世界上也是颇有一点儿名气的。印度由于气候的关系，动物繁殖很容易，所以动物的种类很多，数量很大。大象、猴子和蛇，更是名闻世界。海德拉巴的动物园并不特别大，里面动物也不算太多，但是却具有几个其他动物园没有的特色。为了让濒于绝种的狮子能够自由繁殖，人们在这个动物园里特别开辟了一大片山林，把狮子养在里面。一头雄狮可以带多至八个母狮，它们就这样组成了一个狮子家庭，自由自在地生活在荒草密林中。而要参观狮子的人却必须乘坐在带铁笼子的汽车里，开着汽车，到处寻觅狮子。陪我们参观的园主任很有风趣地说："在别的地方是动物被锁在铁笼子里，让人来参观。在这里却是人被锁在铁笼子里，让动物来参观。”我们心惊胆战地坐在车上，在丛莽榛榛的密林中绕了许多圈子，终于在一片树林中发现了狮子家庭。我们的心情立即紧张起来，满以为它们会大吼一声扑上前来。然而不然。狮子家庭怡然傲然躺在地上树荫里，似乎在午睡。听到汽车声，一动也不动。有几只母狮只懒洋洋地把眼睁了睁，又重新闭上，大有不屑一顾之状。我们都有点儿失望了，没有得到我们心中所期望的那种惊险。我们喊了几声，狮群也是置之不理。我们的汽车停了一会儿，就又重新开出门禁森严的狮子林。我们都是生平第一次坐在铁笼里被野兽来欣赏。这当然别有风味在心头，我们也就都很满意了。

出了狮子林，又进老虎山。这里的老虎山也别具特色。我们到的时候，老虎还在山中河畔奔跳嬉戏。饲虎人发出了一声怪调，老虎立刻跑回到铁栅栏里，饲虎人乘机把一个铁门放下来，挡住了老虎的退路。老虎只好待在一个几丈见方的铁栅栏里，来回地绕圈子。这时园主任就亲切地招呼我们把手从铁柱子的缝隙里伸进铁栅栏去摸老虎。我们开头确实有点儿胆怯，手想伸又缩。中国俗话说“老虎屁股摸不得”，这话早已深入人心，老虎如何能去摸呢？但是园主任却再三敦促解释，说这老虎是在动物园里养大的，人抚摩它，它会感到高兴，吼上两声，是表示它内心的快乐，绝无恶意，用不着害怕。他并且还再三示范，亲自把手伸进铁栅栏，抚摩老虎的脖子和屁股。我也就战战兢兢地把手伸了进去，摸了一下老虎的屁股。中国俗话说是摸不得的东西我终于摸了，这难道不是一生中难以忘怀的事情吗？

我们转身又去看一只病豹。它被夹在一个铁笼子里，不能转身，不能乱动，这样医生就可以随意给它扎针注射。我们还去看了一只小老虎。园主任说，这只小老虎从小养在他家里，他的小孩就同它玩儿，像一只小猫似的。现在，不过才八个月，但已经知道龇牙咧嘴，大有不逊之意，不像小时候那样驯服好玩，只好把它关在笼子里了。

我们就这样参观了海德拉巴的动物园。这一切都可以说是奇遇，都是毕生难忘的。但是，这一切之所以难忘，并不在于猎奇，而在于印度劳动人民对我们自然流露出来的友好情谊。据我了解，在印度饲养狮虎的人大抵都是出身于低级种姓的劳动人民。我们刚进动物园的时候，并没有注意到他们，因为他们好像影子似的，悄悄地走路，悄悄地干活，不发出一点儿声音。仿佛到了狮子林老虎山，他们才突然出现在我们眼前。狮子林中，老虎山上，饲养员就是他们这一些人。另外还有一个狮子山，里面养着几头狮子，同前面讲的狮子林不是一回事，在这里，狮子是圈在一片山林中的，人们站在壕沟旁边来欣赏它们。一个皮肤黝黑的饲养员发出一种类似“来，来”的声音。这当然不是中文的“来”，而好像是狮子的名字。听到呼喊自己的名字，猛然从密林深处响起一片惊雷似的怒吼，一头大雄狮狂奔过来。山洞中怒吼的回声久久不息。我们冷不防吃了一惊，下意识地就想躲开，但一看到前面的壕沟，知道狮子是跳不过来的，才安定了心神，以壕沟对面的雄狮为背景，大照其相。

到了此时，我才认真注意到这位饲养员的存在，如果没有他，我们是无论如何也无法把狮子叫过来的。我默默地打量着那位淳朴老实的印度劳动人民，心里油然兴起感激之情。

在上面讲到狮林虎山中，照管狮子老虎的也同样是这些皮肤黝黑的劳动人民。他们大都不会讲英语，连我在二十七年前住在印度总统府中时遇到的那一位服务员也不例外。我们无法同他们攀谈，不管我们的主观愿望是如何的迫切。但是，只要我们一看他们那朴素的外表、诚恳的面容、和蔼的笑貌、老实的行动，就会被他们吸引住。如果再端详一下他们那黧黑的肤色，还有上面那风吹日晒的痕迹，我们就更会感动起来。同我们接触，他们不免有些拘谨，有些紧张，有些腼腆，甚至有些不知所措。但是他们那一摇头、一微笑的神态，却是充满了热情的。此时无言胜有言，这些无言的感受反而似乎胜过千言百语。语言反而成为画蛇添足的东西了。至于他们对新中国是怎样了解的，我说不清楚。恐怕连他们自己也说不清楚。他们可能认为中国是一个很神秘的国家，一个非常辽远的国家，但又是一个很友好的国家。他们可能对中国有一些不切实际的幻想。但是他们对中国有感情，对中国人民有感情，这是一眼就可以看出来的。至于像园主任这样的知识分子，他们都能讲英语，我们交流思想是没有困难的。他们对中国、对中国人的感情可以直接表达出来。此时有言若无言，语言作为表达人民之间的感情也是无可厚非的了。

我现在不再伤脑筋去思索究竟哪一个海德拉巴是真实的了。两者都是真实的，或者两者都不是真实的，这似乎是一个玄学的问题，完全没有回答的必要。勉强回答，反落言筌。不去回答，更得真意。海德拉巴的人民，同印度全国的人民一样，都对中国人民友好。因此，对我来讲，只有一个海德拉巴，这就是对中国友好的海德拉巴。这个海德拉巴是再真实不过的，我将永远怀念这样一个海德拉巴。

一九七九年二月二十一日

登黄山记

早就听人说过：“五岳归来不看山，黄山归来不看岳。”又经常遇到去过黄山的人讲述那里的奇景，还看到画家画的黄山，摄影家摄的黄山，黄山在我的心中就占了一个地位。我也曾根据那些绘画和摄影，再掺上点传闻，给自己描绘了一幅黄山图，挂在我的心头。我带着这样一幅黄山图曾周游国内，颇看了一些名山大川。五岳之尊的泰山，我曾凌绝顶，观日出。在国外，我也颇游览了一些国家，徜徉于日内瓦的莱蒙湖畔，攀登了雪线以上的阿尔卑斯山，尽管下面烈日炎炎，顶上却永远积雪皑皑。所有这一切都是永世难忘的。但是我心中的那一幅黄山图，尽管随着游览的深广而多少有所修正，但毕竟还是非常美的，非常迷人的。

今天我就带着我心中的那一幅黄山图，到真正的黄山来了。

汽车从泾县驶出，直奔黄山。一路上，汽车蜿蜒绕行于万山丛中。我的幻想也跟着蜿蜒起来。眼前是千山万岭，绵延不绝，但是山峰的形象从远处看上去都差不多。远处出现了一个耸入晴空的高峰，“那就是黄山了吧！”我心里想。但是一转眼，另一个更高的山峰呈现在我的眼前，我只好打消了刚才的想法。如此周而复始，不知循环了多少遍。还有一个问题一直萦回在我的脑际：在这千山万岭中，是谁首先发现黄山这一个天造地设的人间仙境呢？是否还有另一个更美的什么山没有被发现呢？我的幻想一下子又扯到徐霞客身上。今天我们乘坐汽车来到这里，还感到有些疲惫不堪。当年徐霞客是怎样来的呢？他只能自己背着行李，至多雇上一个农民替他背着，自己手执藤杖，风餐露宿，踽踽独行于崇山峻岭中，夜里靠松明引路，在虎狼的嗥叫声中，慢慢地爬上去。对比起来，我们今天确实是幸福多了。

就这样，汽车一边飞快地行驶，我一边在飞快地幻想。我心里思潮腾涌，绵绵不断，就像那车窗外的绵延的万山一样。

汽车终于来到了黄山大门外。

一走进黄山大门，天都峰就像一团无限巨大的黑色云层，黑糊糊地像泰山压顶般对着我的头顶压了下来，好像就要倒在我的头上。我一愣：这哪里是我心中的那个黄山呢？然而这毕竟是真实的黄山。我几十年蕴藏心中的那幅黄山图一下子烟消云散了。我心中怅然若有所失，但是我并不惋惜。应该消逝的让它消逝吧！我现在已经来到了真实的黄山。

从此以后，真实的黄山就像一幅古代的画卷一样，一幅一幅地、慢慢地展现在我的眼前。

出宾馆右行，经疗养院右转进山。山势一下子就陡了起来。

我曾经听别人说过，从什么地方到什么地方是多少多少华里。在导游书上，我也看到了这样的记载。我原以为几华里几华里都是在平面上的，因此我对黄山就有了一些不正确的理解。现在，接触了实际，才知道这基本上是按立体计算的。在这里走上一华里，同平地上不大一样，费的劲儿要大得多。就是向上走上一尺，也要费上一点力气。没有别的办法，只好喘气流汗了。我低头看着脚下的台阶，右手使劲地拄着竹杖，一步一步地向上爬行。我眼睛里看到的只是台阶，台阶，台阶。有时候，我心里还数着台阶的数目。爬呀，数呀，数呀，爬呀，以为已经很高了。但是抬眼一看，更高、更陡、更多的台阶还在前面哩。想当年登泰山的时候，那里还有一个“快活三里”。这里却连一个快活三步都没有。但是，既来之，则安之，爬就是一切。

我到黄山来，当然并不是专为来走路的。我还是要看一看的。但是，在黄山，想看也并不容易。有经验的人说：“走路不看山，看山不走路。”这确实是至理名言。这有点像鱼与熊掌的关系，不可得而兼之。谁要想“兼之”，那就有失足坠下万丈深涧的危险。我只在爬到了一定的阶段时，才停下脚步，小心地抬头向身后和左右看上一看，但见峭壁千仞，高岭入云，幽篁参天，苍松夹道，鸟鸣相和，蝉声四起。而且每看一次，眼前的情景都不一样，扑朔迷离，变幻万端。就连同一个地方，从不同的角度去看，都能看出不同的形象。从慈光阁看朱砂峰，看到天都峰上的金鸡叫天门。但是登上龙蟠坡，再抬头一看，金鸡叫天门就变成了五老上天都。在什么地方才能看到黄山真面目呢？我想，在什么地方也是看不到的。我很想改一改苏东坡的诗："横看成岭侧成峰，远近高低各不同。不识黄山真面目，即使身在此山中。"

我有时候也有新的发现，我简直觉得其中闪现着"天才的火花"，解人难得，我只有自己拍手（这里没有案）叫绝。比如，我看远山上的竹石树木，最初只觉得一片蓊郁。但细看却又有明暗之别。有的浓绿，有的淡绿。经过我再三研究揣摩，我才发现，明的是竹，暗的是松，所谓"苍松翠竹"，大概指的就是这个意思吧。我又想改陆游的两句诗："山重水复疑无路，松暗竹明又一山。"

一想到陆游，我又想到了徐霞客。我们且看看他登上慈光寺以后是怎样看黄山的：

> 由此而入，绝巘危崖，尽皆怪松悬结；高者不盈丈，低仅数寸，平顶短鬣，盘根虬干，愈短愈老，愈小愈奇。不意奇山中又有此奇品也。

他看到了奇山，又看到了奇松。他看到的山同我们今天看到的几乎完全一样，这毫无可怪之处。但是他看到的松，有多少是我们今天还能看到的呢？"愈短愈老，愈小愈奇"，难道在这几百年的时间内，它们就一点也没有长吗？就是起徐霞客于地下，我这样的问题恐怕也无法回答了。

我就是这样一边爬，一边看，一边改着古人的诗，一边想到徐霞客，手、脚、眼、耳、心，无不在紧张地活动着，好不容易才爬到了天都峰脚下。这是一个关键的地方。向右一拐，走不多远，就可以登上台阶，向着天都峰爬上去。天都峰是黄山的主峰。不到天都非好汉，何况那天险鲫鱼背我已经久仰大名，现在站在天都峰下，一抬头就可以看到，上面有蚂蚁似的人影在晃动，真是有说不出的诱惑力啊！但是一看到那一条直上直下的登山盘道，像一根白而粗的线绳一样悬在那里，要爬上去，还真需要有一把子力气呢。我知道，倘若给我半天的时间，登上去也是没问题的。可惜现在早已经过了中午，到我们今天住宿的地方玉屏楼还有一段路要走。我再三斟酌，只好丢掉登天都峰的念头，这好汉看来当不成了。我一步三回头地向左一拐，拾级而上，一直爬到了一线天的门口。这时我们坐了下来，背对一线天口，脸朝前望，可以看到近在咫尺的蓬莱三岛。所谓蓬莱三岛只是三个石笋似的小山峰，上面长着几棵松树，下面是一片深不见底的山谷。据说，白云弥漫时，衬着下面的云海，它们确确实实像蓬莱三岛。但现在却是赤日当空，万里无云，我只能用想象力来弥补天公的不作美了。

一线天真正是名副其实。在两个峭壁中，只有一条缝隙，仅容人体，抬眼一看，只见高处露出一线光明，上面是蓝蓝的天，这一团光明就召唤着我们，奋勇前进。我们也就真的一个个精神抖擞，鼓足了余勇，爬了上去。低头从我们两条腿中间向后看去，还可以看到悬挂在天都峰上的那一条白练似的磴道。

过了一线天，再向右一拐就走上了玉屏楼，这里是从温泉到北海去的必由之路。一般人都是在这里过夜的。徐霞客时代，这里叫玉屏风。他在《游记》里写道：“四顾奇峰错列，众壑纵横，真黄山绝胜处。”可见徐霞客对此处评价之高。原来这里有一座庙，叫作文殊院。古人曾说过：“不到文殊院，没见黄山面。”这同徐霞客的意见是一致的。

这里有什么特点呢？这里是万山丛中一块比较平坦的地方，好像天造地设，就是一个理想的中途休息的地方。一转过山角，就能看到峭壁上长着一棵松树。提起此松，真是大大地有名。全中国人民和全世界人民大概都经常能看到它的形象。挂在人民大会堂里的那一幅叫作“迎客松”的照片，就是它。这棵松树的大名就叫作“迎客松”。许多来访的外国领导人，以及名人、学者会见中国领导人时，就在那个照片下面照相。你看它伸出双臂，其实是不知道多少臂，仿佛想同来游的人握手、拥抱，它那青翠的枝头仿佛能说出欢迎的语言，它仿佛就是黄山好客的象征，不，它实际上成了中国人民好客的象征。你若问它的高寿，那就很难说。它干并不粗，也不特别高，看样子它至多也不过几十年至百年，然而据人说，它挺立在这里已经有一千多年的历史了。这里山高风劲，夏有酷暑，冬有寒冰，然而它却至今巍然屹立，俊秀挺拔，苍翠欲滴，枝头笼烟，仿佛正当妙龄青春。我在这里祝它长寿!

至于玉屏楼本身，可看的东西并不多。只是因为此地处万山之中，抬眼四顾，前有大谷深壑，下临无地，上面有参天云峰，耸然并立。同前一段的地无三尺平的情况比较起来，当然显得空阔寥廓，快人心目。当白云弥漫时，云海苍茫，必然另有一番景色。可惜我们没有这个福气，只看到了一片干涸了的大海。在玉屏楼的右边，就是那一棵在名声上稍逊一筹的送客松。它也像迎客松一样，伸出了它那许多胳臂，好像向游客告别，祝他们身强体健，过一些时候再来黄山。我也祝它长寿!

我们就是在住宿一夜之后，怀着还要再回来的心情走过这一棵松树向黄山深处前进的。一走过送客松，山路就好像一反昨天上山时的规律，陡然下降，下降，下降，再下降，一直降到涧底。这一段路走起来非常舒服，似乎还要超过泰山的“快活三里”。我们虽低头走路，仍可以抬头望山。走过望客松、蒲团松，右边可以看到指路石，回头则见牛鼻峰上的犀牛望月。下到深涧涧底以后，一泓清泉，就在道旁，清澈见底，冷冽可饮。拿做文章来比，我们走这一段山路，好像是在做“承”的那一段，“起”得突兀，“承”得和缓，我们过了一段舒服的时光。

但是，再拿做文章来比，“承”过以后，就来了“转”，这一“转”，可真不得了。到了涧底，抬眼一看，前面是八百级的莲花沟。这八百级仿佛是直上直下，令人看了真有点发怵。实际上，往上攀登的时候，比在下面仰望时更令人感到可怕。我们面前好像只有这一条窄窄的石阶，只能向上，不能回转，“马行在夹道内，难以回马”，不管流多少汗，喘多少气，到此也只有奋勇攀登，再没有回旋的余地了。

皇天不负有心人。爬上了八百石阶，一转就到了莲花峰脚下。这一座莲花峰也是黄山主峰之一。从它的脚下上山好像比从天都峰脚下攀登天都峰要容易得多，只需往右一转，爬上几个台阶就可以达到峰顶。然而，正唯其容易，也就失掉了吸引力。同时，我们今天的目标是到北海。我于是只在莲花峰下少坐片刻，抬头看到不远的峰顶上游人多如过江之鲫，然后左转走上前去。要说到黄山的险境，仿佛现在才算是开始。身右峭壁凌空，左边却是悬崖无地。山路是整修过的，在最危险的地方加了石头栏杆或铁链。但栏外就是危险境地，好像泰山上的阴阳界一样。走在这样的地方，连昨天奉行的“看山不走路，走路不看山”的箴言都无法奉行，无已，只有一心一意埋头苦走而已。这里就是鼎鼎大名的万丈云梯，真可以说是名不虚传。但是，大自然最憎恨的是单调，它绝不会让百步云梯成为千步云梯、万步云梯。过了百步云梯，又是一段比较平直的山路。此时我仿佛已经过了险关，大有闲情逸致，观赏山景。蓦抬头，在远处的山崖上，忽然看到“万绿丛中一点红”。此时正是盛夏，早过了春暖花开的时节。这一点红是哪里来的呢？我无法攀上悬崖去看，无从探索与研究。我只有沉入幻想中，幻想暮春四五月间，黄山漫山遍野开满了杜鹃花的情况。我眼前的黄山一下子变了样，“日出山花红似火”，红色的火焰仿佛燃遍了全山，直凌太空，形成了一幅红透宇宙的奇景。

就这样，一路幻想下去。平路走尽，又上山路，穿过鳌鱼洞，就到了天海。这一段路更平了，仿佛已经离开黄山，到了平地上。一路树木蓊郁，翠竹夹道，两旁蝉声啼不住，轻身已到北海边。

北海真是个好地方。人们已经看过了天都峰和莲花峰，奇景险境，久已身履，大概总会觉得黄山胜境已经探过，到了北海已经成为尾声了。

然而实则不然。

我先讲一个口头传说。距北海不远有一个山峰，叫作始信峰。什么叫始信峰呢？这里熟于掌故的人说，就是“开始相信”，意思就是，到了这里才开始相信黄山之美。不管这个解释是否正确，是否就是原意，我确确实实是相信的。我到了北海以后，才知道，北海绝不是黄山之游的尾声，而是高峰，是顶端。上文曾引过一句古语：“不到文殊院，没见黄山面。”我想改一改：“走不到北海，黄山没有来。”再拿写文章做比，如果过了玉屏楼算是“转”，那么，到了北海就算是“合”。一篇精巧的文章写到这里，才算是达到精妙的顶点，黄山乃山中之奇山，北海是众奇并备，万巧同臻。游黄山到此，真可以说是叹观止矣。

然而究竟“合”出一些什么东西来呢？

三言两语是说不完的。以北海为中心，三五华里的半径内，景色万千，名目繁多。大则崇山峻岭，小至一石一树，无不奇绝人寰。从宾馆右转，走不多远，在深山绝谷的边缘上，出现了散花精舍，前面不远是梦笔生花、笔架峰、骆驼石、上升峰和老翁钓鱼，再往前走就是始信峰。登上始信峰顶，下临无地，隔着深涧远处可见仙女峰、石笋矼，石笋壁立千仞，真仿佛天上有一个顶天立地的金刚巨无霸从上面把石笋栽在那里，成为宇宙奇观。我们只是从远处看石笋矼，徐霞客是亲身到过。他在《游记》里写道："趋石笋矼，至向年所登尖峰上，倚松而坐，瞰坞中峰石回攒，藻绘满眼，如觉匡庐、石门，或具一体，或缺一面，不若此之闳博富丽也。"

"闳博富丽"当然还不仅限于石笋矼。北海附近这一些名胜，无不"闳博富丽""藻绘满眼"。比如清凉台、曙光亭，都各有奇妙之处。出宾馆左折西行，可以到西海。沿路青松参天，翠竹匝地。有很多有名的奇景。走到尽头，同别的地方一样，眼前又是峭壁千仞，深涧万寻。从这里的排云亭上，可以看到丹霞峰、松林峰、石床峰，各各刺入青天，令人神往。据说这地方是看落照的好地方，可惜我们来的时候，不是黄昏，我们只有怅望西天，幻想一番日落西山、红霞满天的情景而已。

是不是北海就只"合"出了这样一些东西来呢？

也还不是的。黄山有所谓四大奇景：奇松、怪石、云海、温泉。温泉一进山就可以看到，上面已经说过，这里不再提了。其他三奇，除了云海以外，一进山也都陆续可以看到。从慈光阁开始，只要你注意，奇松、怪石，到处可见。简直是让你一步一吃惊，一步一感叹。到了北海算是达到了顶峰，所谓集大成者就是。

那么，人们也许要问，奇松奇在什么地方呢？这个问题问得好，我初次听说奇松时，心里也泛起过这个问题。我游遍了黄山，到了北海，要想答复这个问题，也还感到非常困难，简直可以说是回答不出。我常常想，世间一切松树无不是奇的。奇就奇在它同其他一切树都不一样。其他树木的枝子一般都是往上长的，但是松树的枝干却偏平行着长或者甚至往下长。其他树木从远处看上去都能给人一个轮廓，虽然茂密，但却杂乱，然而松树给人的轮廓却是挺拔、秀丽，如飞龙，如翔凤，秩序井然，线条分明。松柏是常常并称的。如果它们站在一起，人们从远处看，立刻就能够分清哪是松，哪是柏。总之一句话，我们脑中一切关于树的规律，松树无不违反。此之所谓奇也。

但是，黄山上的松树比其他地方更奇，是奇中之奇。你只要看一看黄山上有名字的名松，你就可以知道：蒲团松、连理松、扇子松、黑虎松、团结松、迎客松、送客松、飞虎松、双龙松、龙爪松、接引松，此外还不知道有多少松。连那些不知名的大松、小松、古松、新松、长在悬崖上的松、长在峭壁上的松、长在任何人都不能想象的地方的松，千姿百态，石破天惊，更是违反了一切树木生长的规律。别的地方的松树长上一千多年，恐怕早已老态龙钟了，在这里却偏偏俊秀如少女，枝干也并不很粗。

在别的地方，松树只能生长在土中，在这里却偏偏生长在光溜溜的石头上。在别的地方，松树的根总是要埋在土里的，在这里却偏偏就把大根、小根、粗根、细根，一股脑儿地、毫不隐瞒地、赤裸裸地摆在石头上，让你看了以后，心里不禁替它担忧起来。黄山松奇就奇在这里。看松而看到黄山松，真可以说是达到顶峰了。

谈到怪石，也真是够怪的。那么这些石头怪又怪在何处呢？在别的名山胜地中，也有一些有名有姓的山峰，也有一些有名有姓的石头。但是在黄山，这种山峰和石头却多得出奇：虎头岩、郑公钓鱼台、莺谷石、碰头石、鲫鱼背、羊子过江、仙人飘海、仙桃石、蓬莱三岛、鹦哥石、飞鱼石、采莲船、孔雀戏莲花、象石、金龟望月、仙鼠跳天都、仙人下轿、仙人把洞门、姜太公钓鱼、犀牛望月、指路石、金龟探海、老僧入定、老僧观海、仙人绣花、鳌鱼吃螺蛳、容成朝轩辕、鳌背驮金鱼、仙人下棋、仙人背包、飞来钟、老翁钓鱼、梦笔生花、猪八戒吃西瓜、书箱峰、达摩面壁、仙人晒靴、老虎驮羊、天鹅孵蛋、关公挡曹、仙人铺路、太白醉酒、五老荡船、天狗望月、双猫捕鼠、苏武牧羊、老僧采药、仙人指路、喜鹊登梅、猴子捧桃，等等等等。名目确实够繁多的了。名目之所以这样繁多，决定因素就是因为这里石头长得怪。如果不怪的话，就绝不会有这样多的名目。你以为这些五花八门的名目已经把黄山的怪石都数尽了吗？不，还差得很远。如果你有时间，静坐在黄山的某一个地方，面对眼前的奇峰怪石，让自己的幻想展翅翱翔，你还可以想出一大批新鲜动人的名目。比如我们几个人在西海排云亭附近面对深涧对面的山，我看出了一座“国际饭店”。这个名字一提出，你就越看越像，像得不能再像了，我们都为这个天才的发现而狂欢。假我以时日，我们可以巧立名目，为黄山创立大批新鲜别致，不但形似而且神似的名目，再为黄山增添光彩。

在怪石中最怪的，当然要数飞来石。顾名思义，人们认为这块大石头是从天外飞来的。我们从玉屏楼到北海的路上，快到北海的时候，已经从远处看到了它。它是在一座小山峰的顶上，孑然耸立在那里。上粗下细，同山峰接触的地方只是一个点，在山风中好像摇摇欲坠，让人不禁替它捏一把汗。后来我们从北海到西海，在回去的路上，爬了上去，一直爬到峰顶上，同黄山别的山头一样，小小的一个峰顶，下临万丈深涧。看到飞来石，我们都大吃一惊：原来同峰顶连接的地方有一条缝。这样一块巨石，上粗下细，又不固定在峰顶上，怎能巍然屹立在那里，而且还不知已经屹立了多少年呢。在这漫长的时间内，谁知道它已经经历了多少狂风暴雨、山崩地震呢？而它到今天仍然是岿然不动，简直违反了物理定律。我们没有别的话可说，只能说它是奇中之奇了。

至于黄山的云海，更是我闻所未闻，见所未见。一座大山竟然有北海、西海、天海、前海、后海，这样许多海，初听时难道不真是让人不解吗？原来这些海都是云海。我从小读王维的诗：

“行到水穷处，坐看云起时。”觉得这个境界真是奇妙，心向往之久矣。可是活了六十多岁，也从来没能看到云起究竟是什么样子。一天，我们正在北海的一个山头上，猛回头，看到隔山的深涧忽然冒起白色的浓烟。我直觉地认为这是炊烟。但是继而一想，炊烟哪能有这样的势头呢？我才恍然：这就是云起。升起来的云彩，初时还成丝成缕，慢慢地转成一片一团，颜色由淡白转浓，最初群山的影子还隐约可见，转瞬就成了一片云海，所有的山影都被遮住，云气翻滚，宛若海涛。然而又一转瞬，被隐藏起来的山峰的影子又逐渐清晰，终于又由浓转淡，直到山峰露出了真面目，云气全消，依然青山滴翠，红日皓皓。所有这一切都发生在几分钟之内。这算不算是云海呢？旁边的人说：“还不能算是真正的云海。那要大雨之后。”我只好相信他的话。但是，“慰情聊胜无”，不是比没有看到这种近似云海的景象要好得多吗？

除了上面谈的四大奇景之外，我还有一点意外的收获，那就是我在黄山看了日出。日出并没有列入黄山四奇之内，但仍然可以说是一奇。北海的曙光亭，顾名思义，就是看日出的最好的地方。几十年前，当我还年轻的时候，我曾登泰山看日出，在薄暗中，鹄候在玉皇顶上，结果除了看到一团红红的云彩之外，什么也没有看到。我只有暗自背诵姚鼐的《登泰山记》，聊以自慰：

及既上，苍山负雪，明烛天南，望晚日照城郭，汶水、徂徕如画，而半山居雾若带然。戊申晦，五鼓，与子颍坐日观亭待日出。大风扬积雪击面。亭东自足下皆云漫。稍见云中白若樗蒲数十立者，山也。极天云一线异色，须臾成五采，日上，正赤如丹，下有红光，动摇承之。或曰：此东海也。

这一次来到黄山北海，早晨天还没有亮，就有人跑着、吵着去看日出。我一骨碌爬起来，在凌晨的薄暗中摸索着爬上曙光亭，那里已经是黑鸦鸦的一团人。我挤在后面，同大家一样向着东方翘首仰望。天是晴的。但在东方的日出处，却有一线烟云。最初只显得比别处稍亮一点而已。须臾，彩云渐红，朝日露出了月牙似的一点；一转眼间，它就涌了出来，顶端是深紫色，中间一段深红，下端一大段深黄。然而立刻就霞光万道，白云为霞光所照，成了金色，宛如万朵金莲飘悬空中。

就这样，黄山的三奇，奇松、怪石、云海，还加上一个奇：日出。我在黄山，特别是在北海，都领略过了。再拿做文章来打个比方，起、承、转、合，这几大股都已做完，文章应该结束了。

然而不然，从我的感情和印象说起来，合还没有合完，文章也就不能结束。从我的激情来看，这仿佛刚才达到高潮，文章更不能就此结束了。我们原来并不想在北海住这样久。但是越住越想住，越住越不想走。三天之内，我们天天出去，天天有新的发现，大有流连忘返之意。我们最后怀着惜别的心情，离开北海的时候，我的内心如潮涌，如云起，一步三回头。我们绕过黑虎松走上后山的道路，向着云谷寺的方向走去。一路之上，流水潺潺，山风习习，蝉声相送，鸟鸣应和，苍松翠竹，映带左右。我们又像走到山阴道上，应接不暇了。但是我们走到幽篁中，闻鸟声却不见鸟，我们笑着开玩笑说，这是留客鸟，它们也惋惜我们即将离去，大有依依不舍之意呢。

此时周围清幽阒静，好像宇宙间只有我们几个人似的。但是我的内心里却又像来黄山的路上那样如波涛汹涌，遐想联翩，我想到过去游览过国内外的名山大川。我一时想到泰山，一时又想到石林。这都是天下奇秀，有口皆碑。但是我觉得，同黄山比起来，泰山有其雄伟，而无其秀丽；石林有其幽峭，而无其雄健。黄山是大则气势磅礴，神笼宇宙，小则剔透玲珑，耐人寻味。如果拿美学名词来比附的话，我们就可以说，黄山既有阳刚之美，又有阴柔之美。可谓刚柔兼，二难并，求诸天下名山，可谓超超玄箸了。

我一下子又想到中国的山水画。远山一般都只用淡墨渲染，近山则用各种的皴法。对远山的那种处理，只要在有山的地方，看到过远山的人，都会同意的，都会知道，那实际上是把自然景物，再加上点画家个人的幻想与创造，搬到了纸上来的。这不同于自然主义。这是形似而又神似。但是对近山的那些不同的皴法，则生长在北方高山不多地方的人，有时就不大容易理解，认为这不过是画家的传统手法，没有多大意思的。特别是对大涤子这样的画家，更不容易理解。今天我到了黄山，据说大涤子在这里住过，积年疑团，顿时冰释。我站在任何一个悬崖峭壁的下面，抬头仰望，注意凝视，观之既久，俨然是一幅大涤子的山水画出现在自己的眼前，我也俨然成了画中人了。但见这一幅画，笔墨恣纵，元气淋漓，皴法新颖，巨细无遗。倘若我们请天上匠作大神，来到人间，盖上一座万丈高的大厦，把这一幅大画挂在里面，不知会产生什么效果，恐怕观赏的人都会目瞪口呆、惊愕万状吧！此时，只在此时，我才真正理解中国古代山水画家，其中也包括像大涤子这样有天才、有独创性，能独辟蹊径，开一代风气的画家，都是在仔细观察自然山色，简练揣摩，融会贯通之后，然后才下笔的。他们绝不是专门抄袭古人，拾古人牙慧的。

我一下子又想到，天下名山多矣，中外皆然。但是像黄山这样的名山，却真如凤毛麟角。为什么中国竟会有黄山这样的山呢？这个问题似乎非常幼稚，实际上却是发自我内心深处的一个问题。我并不觉得它有什么幼稚、可笑。古人会说，这是灵气所钟。什么又是灵气呢？灵气这东西摸不着，看不到，实在是玄妙得很。但是依我看，它又确实是存在着的。我们一到黄山，第一天晚上，坐在宾馆外深涧岸边，细听涧中水声，无意中捉到了一个萤火虫，发现它比别的地方的都大而肥壮。后来我们又发现这里的知了也比别的地方的大而肥壮，就连苍蝇也和别的地方不同，大得、壮得惊人，而在海拔近两千米的天都峰顶，天风猎猎，人站在那里都摇摇欲坠，然而却能见到苍蝇，而且都有点气魄，飞驶迅速，呼啸而过。这实在使我吃惊不小。不用灵气所钟，又怎样解释呢？世界各国都有它们灵气所钟的地方，对于这些地方，只要我能走到、看到，我都喜爱、欣赏，一视同仁，绝不会有任何偏心。但是，有黄山这样灵气所钟的地方，我作为一个中国人感到无比的骄傲与幸福。我因此更热爱我们这一块土地，我更热爱我们这一个国家。我们也并不想把黄山秘而不宣，独自享受。“但愿人长久，千里共婵娟。”我也但愿世界永存，黄山永在，永远以它那无比美妙的山色，为我们提供无比美妙的怡悦。

我一下子又想到，古人说，人生要读万卷书，行万里路。又说太史公司马迁周览名山大川，故其文疏宕有奇气。还有人说，唐代大书法家张旭观公孙大娘舞剑器，因而书法大进。我现在游览了黄山，将来会产生什么样的影响呢？我一非文豪，二非书法家，这影响究竟要产生在什么地方呢？不管怎样，影响终归会有的，我且拭目以待。

我就是这样一边走，一边想，一边还欣赏四周奇丽景色，不知不觉地就回到了温泉。等到我从北海返回温泉的时候，我仿佛成了一个爱丽丝，我漫游了一个奇而又奇的奇境。过去一周的游踪，历历呈现在我心中。我的黄山梦于今实现了。但我并不满足于实现了梦境，而是梦得更加厉害起来。我仿佛还并没有到过真正的黄山，不，黄山对我来说，比原来还要陌生，还要奇妙，我直觉地感到，真正的黄山我还没有看到。我从北海归来，只看了黄山的皮毛。黄山的名胜真如五光十色，扑朔迷离，在那“万壑树参天，千山响杜鹃”中似乎还隐藏着什么秘密，有待于我，有待于其他人去发现，去欣赏，去惊叹。古时候有一首关于黄山的诗：

踏遍峨嵋与九嶷，
无兹殊胜幻迷离。
任他五岳归来客，
一见天都也叫奇。

我还没有历游五岳，也还没有到过峨嵋与九嶷。我对黄山、对天都叫奇，完全是很自然的。我相信，即使我有朝一日真的遍游五岳，登峨嵋，探九嶷，我再到黄山来，仍然会叫奇不绝的。

我来的时候，心里带来了一幅假的黄山图，它一遇到真黄山就破碎消失了。我现在离开的时候，带走了一幅真正的黄山图，虽然我还不能相信，这一幅图就是黄山的真相，但是这幅黄山图将永远留在我的心中。经过了一段时间酝酿思忖，我现在写出了我心目中的黄山。但写的过程中，我时时怀疑我这一支拙笔会玷污了黄山。古人诗说：“意态由来画不成，当时枉杀毛延寿。”我现在真觉得，“黄山意态写不出，枉费不眠数夜间”。《世说新语》任诞第二十三说：

桓子野每闻清歌，辄唤："奈何！"谢公闻之曰："子野可谓一往有深情。"

这里指的是，桓子野每闻清歌，辄情动乎中。我现在面对着黄山，心中有一美妙的黄山，笔下的黄山却并不那么美妙，我也只能学一学桓子野，徒唤奈何。

一九七九年十二月九日写毕

漫谈消费

蒙组稿者垂青，要我来谈一谈个人消费。这实在不是最佳选择，因为我的个人消费绝无任何典型意义。如果每个人都像我这样，商店几乎都要关门大吉。商店越是高级，我越敬而远之。店里那一大堆五光十色、争奇斗艳的商品，有的人见了简直会垂涎三尺，我却是看到就头痛。而且窃做腹诽：在这些无限华丽的包装内，包的究竟是什么货色，只有天晓得。我觉得人们似乎越来越蠢，我们所能享受的东西，不过只占广告费和包装费的一丁点儿，我们是让广告和包装牵着鼻子走的，愧为万物之灵。

谈到消费，必须先谈收入。组稿者让我讲个人的情况，而且越具体越好。我就先讲我个人的具体收入情况。我在50年代被评为一级教授，到现在已经40多年了，尚留在世间者已为数不多，可以被视为珍稀动物，通称为“老一级”。在北京工资区——大概是六区——每月345元，再加上中国科学院哲学社会科学部委员，每月津贴100元，这个数目今天看起来实为微不足道，然而在当时却是一个颇大的数目，十分“不菲”。我举两个具体的例子：吃一次“老莫”（莫斯科餐厅），大约一元五角到两元，汤菜俱全，外加黄油面包，还有啤酒一杯；如果吃烤鸭，也不过六七块钱一只，其余依此类推。只需同现在的价格一比，其悬殊立即可见，从工资收入方面来看，这是我一生最辉煌的时期之一。这是以后才知道的，当时只道是寻常。到了今天，“老一级”的光荣桂冠仍然戴在头上，沉甸甸的，又轻飘飘的，心里说不出是什么滋味，实际情况却是“昔人已乘黄鹤去，此地空余老桂冠”。我很感谢，不知道是哪一位朋友发明了“工薪阶层”这个词，这真不愧是天才的发明，幸乎不幸乎？我也归入了这个工薪阶层的行列。听有人说，在某个城市的某大公司里设有工薪阶层专柜，专门对付我们这一号人的。如果真正有的话，这也不愧是一个天才的发明。俗话说：“识时务者为俊杰。”他们都是不折不扣的“俊杰”。

我这个“老一级”每月究竟能拿多少钱呢？要了解这一点，必须先讲一讲今天的分配制度。现在的分配制度，同20世纪50年代相比，有了极大的不同，当年在大学里工作的人主要靠工资生活，不懂什么第二职业，也不允许有第二职业。谁要这样想、这样做，那就是典型的资产阶级思想，是同无产阶级思想对着干的，是最犯忌讳的。今天却大改其道。学校里颇有一些人有种种形式的第二职业，甚至第三职业。原因十分简单：如果只靠自己的工资，那就生活不下去。以我这个“老一级”为例，账面上的工资，我是北大教员中最高的。我每月领到的工资，七扣八扣，拿到手的平均700元至800元。保姆占掉一半，天然气费、电话费，等等，约占掉剩下的四分之一。我实际留在手的只有300元左右，我要用这些钱来付全体在我家吃饭的四个人的饭钱，而这些钱连供一个人吃饭都有点捉襟见肘，何况四个人！“老莫”、烤鸭之类，当然可望而不可即。

可是我的生活水平，如果没有提高的话，也绝没有降低。难道我点金有术吗？非也。我也有第×职业，这就是爬格子。格子我已经爬了60多年，渐渐地爬出一些名堂来，时不时地就收到稿费，很多时候，我并不知道是哪一篇文章换来的。外文楼收发室的张师傅说：“季羡林有三多，报纸杂志多，有十几种，都是赠送的；来信多，每天总有五六封，来信者男女老幼都有，大都是不认识的人；汇款单多。”我绝非守财奴，但是一见汇款单，则心花怒放。爬格子的劲头更加昂扬起来。我没有做过统计，不知道每月究竟能收到多少钱。反正，对每月手中仅留300元钱的我来说，从来没有感到拮据，反而能大把大把地送给别人或者家乡的学校。我个人的生活水平，确有提高。我对吃，从来没有什么要求。早晨一般是面包或者干馒头，一杯清茶，一碟炒花生米，从来不让人陪我凌晨4点起床，给我做早饭。午晚两餐，素菜为多，我对肉类没有好感。这并不是出于什么宗教信仰，我不是佛教徒，其他教徒也不是。我并不宣扬素食主义。我的舌头也没有生什么病，好吃的东西我是能品尝的。不过我认为，如果一个人成天想吃想喝，仿佛人生的意义与价值就在于“吃喝”二字。我真觉得无聊，“斯下矣”，食足以果腹，不就够了吗？因此，据小保姆告诉我，我们四个人的伙食费不过500多元而已。

至于衣着，更不在我考虑之列。在这方面，我是一个“利己主义者”。衣足以蔽体而已，何必追求豪华。一个人穿衣服，是给别人看的。如果一个人穿上十分豪华的衣服，打扮得珠光宝气，天天坐在穿衣镜前，自我欣赏，他（她）不是一个疯子，就是一个傻子。如果只是给别人去看，而观看者的审美能力和审美标准，千差万别，你满足了这一帮人，必然开罪于另一帮人，绝不能使人人都高兴，皆大欢喜。反不如我行我素，我就是这一身打扮，你爱看不看，反正我不能让你指挥我，我是个完全自由自主的人。

因此，我的衣服多半是穿过十年八年或者更长时间的，多半属于博物馆中的货色。俗话说：“人靠衣裳马靠鞍。”以衣取人，自古已然，于今犹然。我到大店里去买东西，难免遭到花枝招展的年轻女售货员的白眼。如果有保卫干部在场，他恐怕会对我多加小心，我会成为他的重点监视对象。好在我基本上不进豪华大商店，这种尴尬局面无从感受。

讲到穿衣服，听说要“赶潮”，就是要赶上时代潮流，每季、每年都有流行款式，我对这些都是完全的外行。我有我的老主意：以不变应万变。一身蓝色的卡其布中山装，春、夏、秋、冬，永不变化。所以我的开支项目下，根本没有衣服这一项。你别说，我们那一套“三十年河东，三十年河西”的“哲学”，有时对衣着款式也起作用。我曾在1946年，在上海买过一件雨衣，至今仍然穿。有的专家说：“你这件雨衣的款式真时髦！”我听了以后，大惑不解。经专家指点，原来50多年流行的款式经过了漫长的沧桑岁月，经过了不知道多少变化，现在又在螺旋式上升的规律的指导下，回到了50年前的款式。我恭听之余，大为兴奋。我守株待兔，终于守到了。人类在衣着方面的一点儿小聪明，原来竟如此脆弱！

我在本文一开头就说，在消费方面，我绝不是一个典型的代表。看了我自己的叙述，一定会同意我这个说法的。但是，人类社会极其复杂，芸芸众生，有一箪食、一瓢饮者，也有食前方丈、一掷千金者。绫罗绸缎、皮尔·卡丹、燕窝鱼翅、生猛海鲜，这样的人当然也会有的。如果全社会都是我这一号的人，则所有的大百货公司就都会关张的，那岂不太可怕了吗？所以，我并不提倡大家以我为师，我不敢这样狂妄。不过，话又说回来，我仍然认为：吃饭穿衣是为了活着，但是活着绝不是为了吃饭穿衣。

送礼

我们中国究竟是礼仪之邦，所以每逢过年过节，或有什么红白喜事，大家就忙着送礼。既然说是“礼”，当然是向对方表示敬意的。譬如说，一个朋友从杭州回来，送给另外一个朋友一只火腿、二斤龙井，知己的还要亲自送了去，免得受礼者还要赏钱，你能说这不是表示亲热吗？又如一个朋友要结婚，但没有钱，于是大家凑个份子送了去，谁又能说这是坏事呢？

事情当然是好事情，而且想起来极合乎人情，一点也不复杂；然而实际上却复杂艰深到万分，几乎可以独立成一门学问：送礼学。第一，你先要知道送应节的东西，譬如你过年的时候，提了几瓶子汽水，一床凉席去送人，这不是故意开玩笑吗？还有五月节送月饼，八月节送粽子，最少也让人觉得你是外行。第二，你还要是一个好的心理学家，能观察出对方的心情和爱好来。对方倘若喜欢吸烟，你不妨提了几听三炮台恭恭敬敬送了去，一定可以得到青睐。对方要是喜欢杯中物，你还要知道他是维新派或保守派。前者当然要送法国的白兰地，后者本地产的白干或五加皮也就行了。倘若对方的思想“前进”，你最好订一份《文汇报》送了去，一定不会退回的。

但这还不够，买好了应时应节的东西，对方的爱好也揣摩成熟了，又来了怎样送的问题。除了很知己的以外，多半不是自己去送，这与面子有关系，于是就要派听差，而这个听差又必须是个好的外交家，机警、坚忍、善于说话，还要一副厚脸皮，这样才能不辱使命。拿了东西去送礼，论理说该到处受欢迎，但实际上却不然。受礼者多半喜欢节外生枝。东西虽然极合心意，却偏不立刻收下。据说这也与面子有关系。听差把礼物送进去，要沉住气在外面等。一会儿，对方的听差出来了，把送去的礼物又提出来，说：“我们老爷太太谢谢某老爷太太，盛意我们领了，礼物不敢当。”倘若这听差真信了这话，提了东西就回家来，这一定糟，说不定就打破饭碗。但外交家的听差却决不这样做。他仍然站着不走，请求对方的听差再把礼物提进去。这样往来斗争许久。对方或全收下，或只收下一半，只要与临来时老爷太太的密令不冲突，就可以安然接了赏钱回来了。

上面说的可以说是常态的送礼。可惜（或者也并不可惜）还有变态的。我小的时候，我们街上住着一个穷人，大家都喊他“地方”，有学问的人说，这就等于汉朝的亭长。每逢年节的早上，我们的大门刚一开，就会看到他笑嘻嘻地一手提了一只鸡，一手提了两瓶酒，跨进大门来。鸡咯咯地大吵大嚷，酒瓶上的红签红得炫人眼睛。他嘴里却喊着：“给老爷太太送礼来了。”于是我婶母就立刻拿出几毛钱来交给老妈子送出去。这“地方”接了钱，并不像一般送礼的一样，还要努力斗争，却仍旧提了鸡和瓶子笑嘻嘻地走到另一家去喊去了。这景象我一年至少见三次，后来也就不以为奇了。但有一年的某一个节日的清晨，却见这位“地方”愁容满面地跨进我们的大门，嘴里不喊“给老爷太太送礼来了”，却拉了我们的老妈子交头接耳说了一大篇，后来终于放声大骂起来。老妈子进去告诉了我婶母，仍然是拿了几毛钱送出来。这“地方”道了声谢，出了大门，老远还听到他的骂声。后来老妈子告诉我，他的鸡是自己养了预备下蛋的，每逢过年过节，就暂且委屈它一下，被缚了双足倒提着陪他出来逛大街。玻璃瓶子里装的只是水，外面红签是向铺子里借用的。“地方”送礼，在我们那里谁都知道他的用意。所以从来没有收的。他跑过一天，衣袋塞满了钞票才回来，把瓶子里的水倒出来，把鸡放开。它在一整天“陪绑”之余，还忘不了替他下一个蛋。但今年这“地方”倒运。向第一家送礼，就遇到一家才搬来的外省人。他们竟老实不客气地把礼物收下了。这怎能不让这“地方”愤愤呢？他并不是怕瓶子里的凉水给他泄露真相，心痛的还是那只鸡。

另外一种送礼法也很新奇，虽然是“古已有之”的。我们常在笔记小说里看到，某一个督抚把金子装到坛子里当酱菜送给京里的某一位王公大人。这是古时候的事，但现在也还没有绝迹。我的一位亲戚在一个县衙门里做事，因了同县太爷是朋友，所以地位很重要。在晚上回屋睡觉的时候，常常在棉被下面发现一堆银元或别的值钱的东西。有时候不知道，把这堆银元抖到地上，哗啦一声，让他吃一惊。这都是送来的“礼”。

这样的“礼”当然不是每个人都有资格接受的。他一定是个什么官，最少也要是官的下属，能让人生，也能让人死，所以才有人送这许多金子银元来。官都讲究面子，虽然要钱，却不能干脆当面给他。于是就想出了这种种的妙法。我上面已经提到送礼是一门学问，送礼给官长更是这门学问里面最深奥的，需要经过长期的研究简练揣摩，再加上实习，方能得到其中的奥秘。能把钱送到官长手中，又不伤官长的面子，能做到这一步，才算是得其门而入了。也有很少的例外，官长开口向下面要一件东西，居然得不到。以前某一个小官藏有一颗古印，他的官长很喜欢，想拿走。他跪在地上叩头说：“除了我的太太和这块古印以外，我没有一件东西不能与大人共享的。”官长也只好一笑置之了。

普通人家送礼没有这样有声有色，但在平庸中有时候也有杰作。有一次我们家把一盒有特别标志的点心当礼物送出去。隔了一年，一个相熟的胖太太到我们家来拜访，又恭而敬之把这盒点心提给我们，嘴里还告诉我们：这都是小意思，但点心是新买的，可以尝尝。我们当时都忍不住想笑，好歹等这位胖太太走了，我们就动手去打开。盒盖一开，立刻有一股奇怪的臭味从里面透出来。再把纸揭开，点心的形状还是原来的，但上面满是小的飞蛾，一块也不能吃了，只好掷掉。在这一年内，这盒点心不知代表了多少人的盛意，被恭恭敬敬地提着或托着从一家到一家，上面的签和铺子的名字不知换过了多少次，终于又被恭而敬之提回我们家来。“解铃还是系铃人”，我们还要把它丢掉。

我虽然不怎样赞成这样送礼，但我觉得这办法还算不坏。因为只要有一家出了钱买了盒点心就会在亲戚朋友中周转不息，一手收进来，再一手送出去，意思表示了，又不用花钱。不过这样还是麻烦，还不如仿效前清御膳房的办法，用木头刻成鸡鱼肉肘，放在托盘里，送来送去，你仍然不妨说：“这鱼肉都是新鲜的。一点小意思，千万请赏脸。”反正都是“彼此彼此，诸位心照不宣”。绝对不会有人来用手敲一敲这木头鱼肉的。这样一来，目的达到了，礼物却不霉坏，岂不是一举两得？在我们这喜欢把最不重要的事情复杂化了的礼仪之邦，我这发明一定有许多人欢迎，我预备立刻去注册专利。

一九四七年七月

目中无人

中国的成语“目中无人”是一个贬义词，意思是狂妄自大，把谁都不放在眼中，天上天下，唯我独尊。这是心理上的“目中无人”，是一种要不得的恶习。我现在居然也变成了“目中无人”了，但是，我是出于生理上的原因，患了眼疾，看人看不清楚。这同心理上的毛病有天渊之别。

大约在十年前，出于年龄的原因，我的老年性白内障逐渐发作，右眼动了手术。手术是非常成功的。但是随着年龄的增长，我已年届九旬，右眼又突然出了毛病，失去视力，到了伸手难见五指的程度，仅靠没有动过手术的左眼不到0.1的视力，勉强摸索着活动，形同半个盲人。古人有诗句“老年花似雾中看”，当年认为这是别人的事，现在却到自己眼前来了。窗前我自己种的那一棵玉兰花，今年是大年，总共开了两百多朵花，那情景应该说是光辉灿烂的，可惜我已无法享受，只看到了白白的几朵花的影子，其余都是模糊一团了。“春风杨柳万千条”，现在正是嫩柳鹅黄的时节，可是我也只能看到风中摇摆着一些零乱的黑丝条而已。即使池塘中的“季荷”露出了尖尖角，我大概也只能影影绰绰地看到几点绿点罢了。

这痛苦不痛苦呢？谁也会想到，这绝不是愉快的，我本是一个性急固执有棱有角的人，但是将近九十年的坎坷岁月，把我的性子已经磨慢，棱角已经磨得圆了许多；虽还不能说是一个琉璃球，然而相距已不太远矣。现在，在眼睛出了毛病的情况下，说内心完全平静，那不是真话。但是，只要心里一想急，我就祭起了我的法宝，法宝共有两件：一是儒家的“既来之，则安之”，二是道家的顺其自然。你别说，这法宝还真灵，只要把它一祭起，心中立即微波不兴，我对一切困难都处之泰然了。

同时，我还会想到就摆在眼前的几个老师的例子。陈寅恪先生五十来岁就双目失明，到了广州以后，靠惊人的毅力和记忆力，在黄萱女士的帮助下，写成了一部长达七八十万字的《柳如是别传》震动了学坛。冯友兰先生耄耋之年失明，也靠惊人的毅力，口述写成了《中国哲学史新编》，摆脱了桎梏，解放了思想，信笔写来，达到了空前的大自在的水平，受到了学术界的瞩目。另一位先生是陈翰笙教授，他身经三个世纪，今年已经是一百零五岁，成为稀有的名副其实的人瑞。他双目失明已近二十年，但从未停止工作，在家里免费教授英文，学者像到医院诊病一样，依次排队听课。前几年，在庆祝他百岁华诞的时候，请他讲话，他讲的第一句话却是：“我要求工作！”在场的人无不为之动容。我想，以上三个例子就足以说明，一个人，即使是双目失明了，仍然能够做出极有意义的事情。

再说到我自己，从身体状态来看，从心理状态来瞧，即使眼前眼睛有了点毛病，但同失明是绝不会搭界的。一个九旬老人，身体上有点毛病，纯属正常，不这样，反而会成为怪事。因此，我只有听之、任之、安之，绝不怨天尤人。古书上说："否极泰来。"我深信，泰来之日终会来临。到了那时，我既不在心理上"目中无人"，也不在生理上"目中无人"，岂不猗欤休哉！

我现在在这里潜心默祷，愿天下善男、信女、仁人、志士无论是在生理上还是在心理上都不"目中无人"，大千世界，礼仪昌明，天下太平，共同努力，把这个小小的地球村整治成地上乐园。

二〇〇〇年四月八日

世态炎凉

世态炎凉，古今所共有，中外所同然，是最稀松平常的事，用不着多伤脑筋。元曲《冻苏秦》中说：“也素把世态炎凉心中暗忖。”《隋唐演义》中说：“世态炎凉，古今如此。”不管是“暗忖”，还是明忖，反正你得承认这个“古今如此”的事实。

但是，对世态炎凉的感受或认识的程度，却是随年龄的大小和处境的不同而很不相同的，绝非大家都一模一样。我在这里发现了一条定理：年龄大小与处境坎坷同对世态炎凉的感受成正比。年龄越大，处境越坎坷，则对世态炎凉感受越深刻；反之，年龄越小，处境越顺利，则感受越肤浅。这是一条放诸四海而皆准的定理。

我已到望九之年，在八十多年的生命历程中，一波三折，好运与多舛相结合，坦途与坎坷相混杂，几度倒下，又几度爬起来，爬到今天这个地步，我可是真正参透了世态炎凉的玄机，尝够了世态炎凉的滋味。特别是“十年浩劫”中，我因为胆大包天，自己跳出来反对“北大”那一位炙手可热的“老佛爷”，被戴上了种种莫须有的帽子，被“打”成了反革命，遭受了极其残酷的至今回想起来还毛骨悚然的折磨。从牛棚里放出来以后，有长达几年的一段时间，我成了燕园中一个“不可接触者”。走在路上，我当年辉煌时对我低头弯腰毕恭毕敬的人，那时却视若路人，没有哪一个敢或肯跟我说一句话的。我也不习惯于抬头看人，同人说话。我这个人已经异化为“非人”。一天，我的孙子发烧到四十摄氏度，老祖和我用破自行车推着他到校医院去急诊。一个女同事竟吃了老虎心豹子胆似的，帮我这个已经步履蹒跚的花甲老人推了推车。我当时感动得热泪盈眶，如吸甘露，如饮醍醐。这件事、这个人我毕生难忘。

雨过天晴，云开雾散，我不但“官”复原职，而且还加官晋爵，又开始了一段辉煌。原来是门可罗雀，现在又是宾客盈门。你若问我有什么想法没有，想法当然是有的，一个忽而上天堂、忽而下地狱、又忽而重上天堂的人，哪能没有想法呢？我想的是：世态炎凉，古今如此。任何一个人，包括我自己在内，以及任何一个生物，从本能上来看，总是趋吉避凶的。因此，我没怪罪任何人，包括打过我的人。我没有对任何人打击报复。并不是由于我度量特别大，能容天下难容之事，而是由于我洞明世事，又反求诸躬。假如我处在别人的地位上，我的行动不见得会比别人好。

一九九七年

趋炎附势

写了《世态炎凉》，必须写《趋炎附势》。前者可以原谅，后者必须切责。

什么叫“炎”？什么叫“势”？用不着咬文嚼字，指的不过是有权有势之人。什么叫“趋”？什么叫“附”？也用不着咬文嚼字，指的不过是巴结、投靠、依附。这样干的人，古人称之为“小人”。

趋附有术，其术多端，而归纳之，则不出三途：吹牛、拍马、做走狗。借用太史公的三个字而赋予以新义，曰牛、马、狗。

现在先不谈第一和第三，只谈中间的拍马。拍马亦有术，其术亦多端。就其大者或最普通者而论之，不外察言观色，胁肩谄笑，攻其弱点，投其所好。但是这样做，并不容易，这里需要聪明，需要机警，运用之妙，存乎一心。这是一门大学问。

记得在某一部笔记上读到过一个故事：某书生在阳间善于

拍马。死后见到阎王爷，他知道阴间同阳间不同，阎王爷威严猛烈，动不动就让死鬼上刀山，入油锅。他连忙跪在阎王爷座前，坦白承认自己在阳间的所作所为，说到动情处，声泪俱下。他恭颂阎王爷执法严明，不给人拍马的机会。这时阎王爷忽然放了一个响屁。他跪行向前，高声论道："伏惟大王洪宣宝屁，声若洪钟，气比兰麝。"于是阎王爷"龙"颜大悦，既不罚他上刀山，也没罚他入油锅，生前的罪孽，一笔勾销，让他转生去也。

笑话归笑话，事实还是事实，人世间这种情况还少吗？古今皆然，中外同归。中国古典小说中，有很多很多的靠拍马屁趋炎附势的艺术形象。《今古奇观》里面有，《红楼梦》里面有，《儒林外史》里面有，最集中的是《官场现形记》和《二十年目睹之怪现状》。

在尘世间，一个人的荣华富贵，有的甚至如昙花一现。一旦失意，则如树倒猢狲散，那些得意时对你趋附的人，很多会远远离开你，这也罢了。个别人会"反戈一击"，想置你于死地，对新得意的人趋炎附势。这种人当然是极少极少的，然而他们是人类社会的蛀虫，我们必须高度警惕。

我国的传统美德，对这类蛀虫，是深恶痛绝的。孟子说："胁肩谄笑，病于夏畦。"我在上面列举的小说中，之所以写这类蛀虫，绝不是提倡鼓励，而是加以鞭笞，给我们竖立一面反面教员的镜子。我们都知道，反面教员有时候是能起作用的，有了反面，才能更好地、更鲜明地突出正面。这大大有利于发扬我国优秀的道德传统。

一九九七年三月二十七日

三思而行

“三思而行”，是我们现在常说的一句话。主要劝人做事不要鲁莽，要仔细考虑，然后行动，则成功的可能性会大一些，碰壁的可能性会小一些。

要数典而不忘祖，也并不难。这个典故就出在《论语·公冶长第五》：“季文子三思而后行。子闻之曰：‘再，斯可矣。’”这说明，孔老夫子是持反对意见的。吾家老祖宗文子（季孙行父）的三思而后行的举动，二千六七百年以来，历代都得到了几乎全天下人的赞扬，包括许多大学者在内。查一查《十三经注疏》，就能一目了然。《论语正义》说：“三思者，言思之多，能审慎也。”许多书上还表扬了季文子，说他是“忠而有贤行者”。甚至有人认为三思还不够。《三国志·吴志·诸葛恪传注》中说：有人劝恪“每事必十思”。可是我们的孔圣人却冒天下之大不韪，批评了季文子三思过多，只思二次（再）就够了。

这怎么解释呢？究竟谁是谁非呢？

我们必须先弄明白，什么叫“三思”。总起来说，对此有两个解释，一个是“言思之多”，这在上面已经引过。一个是“君子之谋也，始、衷（中）、终皆举之，而后入焉”。这话虽为文子自己所说，然而孔子以及上万上亿的众人却不这样理解。他们理解，一直到今天，仍然是“多思”。

多思有什么坏处呢？又有什么好处呢？根据我个人几十年来的体会，除了下围棋、象棋等以外，多思有时候能使人昏昏，容易误事。平常骂人说是“不肖子孙”，意思是与先人的行动不一样的人。我是季文子的最“肖”子孙。我平常做事不但三思，而且超过三思，是否达到了人们要求诸葛恪做的“十思”，没做统计，不敢乱说。反正是思过来，思过去，越思越糊涂，终而至头昏昏然，而仍不见行动，不敢行动。我这样一个过于细心的人，有时会误大事的。我觉得，碰到一件事，决不能不思而行，鲁莽行动。记得当年在德国时，法西斯统治正如火如荼，一些盲目崇拜希特勒的人，常常使用一个词儿Draufgängertum，意思是“说干就干，不必思考”。这是法西斯的做法，我们必须坚决扬弃。遇事必须深思熟虑，先考虑可行性，考虑的方面越广越好。然后再考虑不可行性，也是考虑的方面越广越好。正反两面仔细考虑完以后，就必须加以比较，做出决定，立即行动。如果你考虑正面，又考虑反面之后，再回头来考虑正面，又再考虑反面，那么，如此循环往复，终无宁日，最终成为考虑的巨人，行动的侏儒。

所以，我赞成孔子的“再，斯可矣”。

一九九七年五月十一日

老年四“得”

著名的历史学家周一良教授，在他去世前的一段时间内，在一些公开场合讲了他的或者他听到的老年健身法门。每一次讲，他都是眉开眼笑、眉飞色舞，十分投入。他讲了四句话：吃得进，拉得出，睡得着，想得开。这话我曾听过几次。我在心里第一个反应是：这有什么好讲的呢？不就是这样子吗？

一良先生不幸逝世以后，迫使我时常想到一些与他有关的事情，以上四句话，四个“得”，当然也在其中。我越想越觉得，这四句话确实很平凡。但是，人世间真正的真理不都是平凡的吗？真理蕴藏于平凡中，世事就是如此。

前三句话，就是我们所说的吃喝拉撒睡那一套，是每一个人每天都必须处理的，简直没有什么还值得考虑和研究的价值，但这是年轻人和某一些中年人的看法。当年我在清华大学读书的时候，从来没想到这四个“得”的问题，因为它们不成问题。当时听说一个个子高大的同学患失眠症，我大惊失色。我睡觉总是睡不够的，一个人怎么会失眠呢？失眠对我来说简直像是一个神话。至于吃和拉，更是不在话下。每一顿饭，如果少吃了一点，则不久就感到饿意。“二战”期间我在德国时，饿得连地球都想吞下去（借用俄国文豪果戈理《巡按使》中的话）。有一次下乡帮助农民摘苹果，得到四五斤土豆，我回家后一顿吃光，幸而没有撑死。怎么能够吃不下呢？直到八十岁，拉对我也从来没有成为问题。

可是，“如今一切都改变”。前三个“得”，对我都成问题了。三天两头，总要便秘一次。吃了三黄片或果导，则立即变为腹泻，弄得我束手无策，不知所措。至于吃，我可以说，现在想吃什么就有什么，然而有时却什么也不想吃。偶尔有点饿意，便大喜若狂，昭告身边的朋友们：“我害饿了！”睡眠则多年来靠舒乐、安定过日子，不值一提了。

我认为，周一良先生四“得”的要害是第四个，也就是“想得开”。人，虽自称为“万物之灵”，对于其他生物可以任意杀害，也并不总是高兴的。常言道：“不如意事常八九，可与人言无二三。”这两句话对谁都适合。连叱咤风云的君王和大独裁者，以及手持原子弹吓唬别的民族的新法西斯头子，也不会例外。对待这种情况，万应神药只有一味，就是“想得开”。可惜绝大多数人做不到，尤其是我提到的三种人。他们想不开，也根本不想想得开，最后只能成为不齿于人类的狗屎堆。

想不开的事情很多，但统而言之不出“名利”二字，所谓“名缰利索”者便是。世界上能有几人真正逃得出这个缰和这条索？对于我们知识分子，名缰尤其难逃。逃不出的前车之鉴比比皆是。周一良先生的第四“得”，我们实在应深思。它不但适用于老年人，对中青年人也同样适用。

老年十忌

我已经在本栏写过谈老年的文章，意犹未尽，再写十忌。

忌，就是禁忌，指不应该做的事情。人的一生，都有一些不应该做的事情，这是共性。老年是人生的一个阶段，有一些独特的不应该做的事情，这是特性。老年禁忌不一定有十个，我因受传统的十全大补、某某十景之类的十字迷的影响，姑先定为十个，将来或多或少，现在还说不准。骑驴看唱本，走着瞧吧。

一忌：说话太多

说话，除了哑巴以外，是每人每天必有的行动。有的人喜欢说话，有的人不喜欢，这决定于一个人的秉性，不能强求一律。我在这里讲忌说话太多，并没有祸从口出或金人三缄其口的含义。说话惹祸，不在话多话少，有时候，一句话就能惹大祸。口舌惹祸，也不限于老年人，中年和青年都可能由此致祸。

我先举几个例子。

某大学有一位老教授，道德文章，有口皆碑。虽年逾耄耋，但思维敏锐，说话极有条理。不足之处是：一旦开口，就如悬河泻水，滔滔不绝；又如开了闸，再也关不住，水不断涌出。在那个大学里流传着一个传说：在学校召开的会上，某老一开口发言，有的人就退席回家吃饭；饭后再回到会场，某老谈兴正浓。据说有一次博士生答辩会，规定开会时间为两个半小时，某老参加，一口气讲了两个小时，这个会会是什么结果，答辩委员会的主席会有什么想法和措施，他会怎样抓耳挠腮、坐立不安，概可想见了。

另一个例子是一位著名的敦煌画家。他年轻的时候，头脑清楚，并不喜欢说话。一进入老境，脾气大变，也许还有点儿老年痴呆症的原因，说话既多，又不清楚。有一年，在北京国家图书馆新建的大礼堂中，召开中国敦煌吐鲁番学会的年会，开幕式必须请此老讲话。我们都知道他有这个毛病，预先请他夫人准备了一个发言稿，简洁而扼要，塞入他的外衣口袋里，再三叮嘱他，念完就退席。然而，他一登上主席台就把此事忘得一干二净，摆开架子，开口讲话，听口气是想从开天辟地讲起，如果讲到那一天的会议，中间至少有3000年的距离，主席有点儿沉不住气了。我们连忙采取紧急措施，把他夫人请上台，从他口袋里掏出发言稿，让他照念，然后下台如仪，会议才得以顺利进行。

类似的例子还可以举出一些来，我不再举了。根据我个人的观察，不是每一个老人都有这个小毛病，有的人就没有。我说它是小毛病，其实并不小。试问，我上面举出的开会的例子，难道还不会制造极为尴尬的局面吗？当然，话又说回来，爱说长话的人并不限于老年，中青年都有，不过以老年为多而已。因此，我编了四句话，奉献给老人：年老之人，血气已衰；刹车失灵，戒之在说。

二忌：倚老卖老

50年代到60年代的前期，中国政治生活还比较（我只说是比较）正常的时候，周恩来招待外宾后，有时候会把参加招待的中国同志留下来，谈一谈招待中有什么问题或纰漏，有点儿总结经验的意味。这时候，刚才外宾在时严肃的场面一变而为轻松活泼，大家都争着发言，谈笑风生，有时候一直谈到深夜。

有一次，总理发言时使用了中国常见的“倚老卖老”这个词。翻译一时有点儿迟疑，不知道怎样恰如其分地译成英文。总理注意到了，于是在客人走后，就留下中国同志，议论如何翻译好这个词。大家七嘴八舌，最终也没能得出满意的结论。我现在查了两部《汉英词典》，都把这个词译为：To take advantage of one’s seniority or old age。意思是利用自己的年老，得到某一些好处，比如脱落形迹之类。我认为基本能令人满意，但是达到脱落形迹的目的，似乎还太狭隘了一点儿，应该是达到对自己有利的目的。

人世间确实不乏倚老卖老的人，学者队伍中更为常见。眼前请大家自己去找。我讲点儿过去的事情，故事就出在清朝吴敬梓的《儒林外史》中。吴敬梓是刻画人物的天才，着墨不多，而能活灵活现。第十八回，他写了两个时文家在胡三公子请客中的表现：

四位走进书房，见上面席间先坐着两个人，方巾白须，大模大样，见四位进来，慢慢立起身。严贡生认得，便上前道："卫先生、随先生都在这里，我们公揖。"当下作过了样，请诸位坐。那卫先生、随先生也不谦让，仍旧上席坐了。

倚老卖老，架子可谓十足。然而本领却并不怎么样，他们的诗，且夫、尝谓都写在内，其余也就是文章批语上采下来的几个字眼。一直到今天，倚老卖老，摆老架子的人大都如此。

平心而论，人老了，不能说是什么好事，老态龙钟，惹人厌恶，但也不能说全是坏事。人一老，经验丰富，识多见广。他们的经验，有时会对个人甚至对国家是有些用处的。但是，这种用处是必须经过事实证明的，自己一厢情愿地认为有用处，是不会取信于人的。另外，根据我个人的体验与观察，一个人，老年人当然也包括在里面，最不喜欢别人瞧不起他。一感觉到自己受了怠慢，心里便不是滋味，甚至怒从心头起，拂袖而去。有时闹得双方都不愉快，甚至结下怨仇。这是完全要不得的。一个人受不受人尊敬，完全决定于你有没有值得别人尊敬的地方。在这里，摆架子，倚老卖老，都是枉然的。

三忌：思想僵化

人一老，在生理上必然会老化；在心理上或思想上，就会僵化。此事理之所必然，不足为怪。要举典型，有鲁迅的九斤老太在。

从生理上来看，人的躯体是由血、肉、骨等物质的东西构成的，是物质的东西就必然要变化、老化，以至消逝。生理的变化和老化必然影响心理或思想，这是无法抗御的。但是，变化、老化或僵化却因人而异，并不能一视同仁。有的人早，有的人晚；有的人快，有的人慢。所谓老年痴呆症，只是老化的一种表现形式。

空谈无补于事，试举一标本，加以剖析。远在天边，近在眼前，标本就是我自己。

我已届九旬高龄，古今中外的文人，能活到这个年龄者只占极少数。我不相信这是由于什么天老爷、上帝或佛祖的庇佑，而是享了新社会的福。现在，我目虽不太明，但尚能见物；耳虽不太聪，但尚能闻声。看来距老年痴呆和八宝山还有一段距离，我也还没有这样的计划。

但是，思想僵化的迹象我也是有的。我的僵化同别人或许有点儿不同：它一半自然，一半人为；前者与他人共之，后者则为我所独有。

我不是九斤老太一党，我不但不认为一代不如一代，而且确信雏凤清于老凤声。可是最近几年来，一批新人类或新新人类脱颖而出，他们好像是一批外星人，他们的思想和举止令我迷惑不解，惶恐不安。这算不算是自然的思想僵化呢？

至于人为的思想僵化，则多半是一种逆反心理在作祟。就拿穿中山装来做例子，我留德十年，当然是穿西装的。1949年以后，我仍然有时改着西装。可是改革开放以来，不知从哪儿吹来了一股风，一夜之间，西装遍神州大地矣。我并不反对穿西装，但我不承认西装就是现代化的标志，而且打着领带锄地，我也觉得滑稽可笑。于是我自己就僵化起来，从此再不着西装，国内国外，大小典礼，我一律蓝色卡其布中山装一袭，以不变应万变矣。

还有一个“化”，我不知道怎样称呼它。世界科技进步，一日千里，没有科技，国难以兴，事理至明，无待赘言。科技给人类带来的幸福，也是有目共睹的。但是，它带来的危害，也无法掩饰。世界各国现在都惊呼环保，环境污染难道不是科技发展带来的吗？犹有进者。我突然感觉到，科技好像是龙虎山张天师镇妖瓶中放出来的妖魔，一旦放出来，你就无法控制。只就克隆技术一端言之，将来能克隆人，指日可待。一旦实现，则人类社会迄今行之有效的法律准则和伦理规范，必遭破坏。将来的人类社会变成什么样的社会呢？我有点儿不寒而栗。这似乎不尽属于僵化范畴，但又似乎与之接近。

四忌：不服老

服老，《现代汉语词典》的解释是：承认年老。可谓简明扼要。人上了年纪，是一个客观事实，服老就是承认它，这是唯物主义的态度。反之，不承认，也就是不服老倒接近唯心了。

中国古代的历史记载和古典小说中，不服老的例子不可胜数，尽人皆知，无须列举。但是，有一点我必须在这里指出来：古今论者大都为不服老唱赞歌。这有点儿失于偏颇，绝对地无条件地赞美不服老，有害无益。

空谈无补，举几个实例，包括我自己。

1949年春夏之交，解放军进城还不太久，忘记了是出于什么原因，毛泽东的老师徐特立约我在他下榻的翠明庄见面。我准时赶到，徐老当时已年过八旬，从楼上走下，卫兵想去扶他，他却不停地用胳膊肘捣卫兵的双手，一股不服老的劲头至今给我留下了难忘的印象。

再一个例子，就是20年代的北大教授陈翰笙先生。陈先生生于1896年，跨越了三个世纪，至今仍然健在。他晚年双目失明，但丝毫没有影响他的活动，有会必到。有人去拜访他，他必把客人送到电梯门口。有时还会对客人伸一伸胳膊，踢一踢腿，表示自己有的是劲。前几年，每天还安排时间教青年英文，分文不取。这样的不服老我是钦佩的。

也有人过于服老。年不到五十，就不敢吃蛋黄和动物内脏，怕胆固醇增高。这样的超前服老，我是不敢钦佩的。

至于我自己，先讲一段经历。是在1995年，当时我已经达到了84岁的高龄。然而我却丝毫没有感觉到，不知老之已至，正处在平生写作的第二个高峰中。每天跑一趟大图书馆，几达两年之久，风雪无阻。我已经有点儿忘乎所以了。一天早晨，我照例四点半起床，到东边那一单元书房中去写作。一瞬间，肚子里向我发出信号：该填一填它了。一看表，已经六点多了。于是我放下笔，准备回西房吃早点。可是不知是谁把门从外面锁上了，里面打不开。我大为吃惊，回头看到封了顶的阳台上有一扇玻璃窗可以打开。我于是不假思索，立即开窗跳出，从窗口到地面约有1.8米高。我一堕地就跌了一个大马趴，脚后跟有点儿痛。旁边就是洋灰台阶的角，如果脑袋碰上，后果真不堪设想，我后怕起来了。我当天上下午都开了会，第二天又长驱数百里到天津南开大学去做报告。脚已经肿了起来。第三天，到校医院去检查，左脚跟有点儿破裂。

我这样的不服老，是昏聩糊涂的不服老，是绝对要不得的。

我在上面讲了不服老的可怕，也讲到了超前服老的可笑。然则何去何从呢？我认为，在战略上要不服老，在战术上要服老，二者结合，庶几近之。

五忌：无所事事

这是一个比较复杂的问题，必须细致地加以分析，区别对待，不能一概而论。

达官显宦，在退出政治舞台之后，幽居府邸，庭院深深深几许，我辈槛外人无法窥知，他们是无所事事呢，还是有所事事？无从谈起，姑存而不论。

富商大贾，一旦钱赚够了，年纪老了，把事业交给儿子、女儿或女婿，他们是怎样度过晚年的，我们也不得而知。我们能知道的只是钞票不能拿来炒着吃。这也姑且存而不论。

说来说去，我所能够知道的只是工、农和知识分子这些平头老百姓。中国古人说：一事不知，儒者之耻。今天，我这个儒者却无论如何也没有胆量说这样的大话。我只能安分守己，夹起尾巴来做人，老老实实地只谈论老百姓的无所事事。

我曾到过承德，就住在避暑山庄对面的一个旅馆里。每天清晨出门散步，总会看到一群老人，手提鸟笼，把笼子挂在树枝上，自己则分坐在山庄门前的石头上，闲坐说玄宗。一打听，才知道他们多是旗人，先人是守卫山庄的八旗兵，而今老了，无所事事，只有提鸟笼子。试思：他们除了提鸟笼子外，还能干什么呢？他们这种无所事事，不必探究。

北大也有一批退休的老工人，每日以提鸟笼为业。过去他们常聚集在我住房附近的一座石桥上，鸟笼也是挂在树枝上，笼内鸟儿放声高歌，清脆嘹亮。我走过时，也禁不住驻足谛听，闻而乐之。这一群工人也可以说是无所事事，然而他们又怎样能有所事事呢？

现在我只能谈我，自己也是知识分子中的一分子，因而我最了解知识分子的情况。国家给年老的知识分子规定了退休年龄，这是合情合理的，应该感激的。但是，知识分子行当不同，身体条件也不相同。是否能做到老有所为，完全取决于自己，不取决于政府。自然科学和技术，我不懂，不敢瞎说。至于人文社会科学，我则是颇为熟悉的。一般说来，社会科学的研究不靠天才火花一时的迸发，而靠长期积累。一个人到了六十多岁退休的关头，往往正是知识积累和资料积累达到炉火纯青的时候。一旦退下，对国家和个人都是一个损失。有进取心，有干劲者，可能还会继续干下去的。可是大多数人则无所事事。我在南北几个大学中都听到了有关散步教授的说法，就是一个退休教授天天在校园里溜达，成了全校著名的人物。我没同散步教授谈过话，不知道他们是怎样想的。估计他们也不会很舒服。锻炼身体，未可厚非。但是，整天这样锻炼，不也太乏味、太单调了吗？学海无涯，何妨再跳进去游泳一番，再扎上两个猛子，不也会身心两健吗？蒙田说得好：“如果不让大脑有事可做，有所制约，它就会在想象的旷野里驰骋，有时就会迷失方向。”

六忌：提当年勇

我做了一个梦。

我驾着祥云或别的什么云，飞上了天宫，在凌霄宝殿多功能厅里，参加了一个务虚会。第一个发言的是项羽。他历数早年指挥雄师数十万，横行天下，各路诸侯皆俯首称臣，他是诸侯盟主，颐指气使，没有敢违抗者。鸿门设宴，吓得刘邦像一只小耗子一般。说到尽兴处，手舞足蹈，唾沫星子乱溅。这时忽然站起来了一位天神，问项羽："四面楚歌，乌江自刎是怎么一回事呀？"项羽立即垂下了脑袋，仿佛是一个泄了气的皮球。

第二个发言的是吕布。他手握方天画戟，英气逼人。他放言高论，大肆吹嘘自己怎样戏貂蝉、杀董卓，为天下人民除害；虎牢关力敌关、张、刘三将，天下无敌。正吹得眉飞色舞，一名神仙忽然高声打断了他的发言："白门楼上向曹操下跪，恳求饶命，大耳贼刘备一句话就断送了你的性命，是怎么一回事呢？"吕布面色立变，流满了汗，立即下台，像一只斗败了的公鸡。

第三个发言的是关羽。他久处天宫，大地上到处都有关帝庙，房子多得住不过来。他威仪俨然，放不下神的架子。但发言时，一谈到过五关斩六将，用青龙偃月刀挑起曹操捧上的战袍时，便不禁圆睁丹凤眼，猛抖卧蚕眉，兴致淋漓，令人肃然。但是，忽然又站起了一位天官，问道："夜走麦城是怎么一回事呢？"关公立即放下神的架子，神色仓皇，脸上是否发红，不得而知，因为他的脸本来就是红的。他跳下讲台，在天宫里演了一出夜走麦城。

我听来听去，实在厌了，便连忙驾祥云回到大地上，正巧落在绍兴，又正巧阿Q被小D抓住辫子往墙上猛撞，阿Q大呼："我从前比你阔得多了！"可是小D并不买账。

谁一看都能知道，我的梦是假的。但是，在芸芸众生中，特别是在老年中，确有一些人靠自夸当年勇过日子。我认为，这也算是一种自然现象。争胜好强，也许是人类的一种本能。但一旦年老，争胜有心，好强无力，便难免产生一种自卑情结。可又不甘心自卑，于是只有自夸当年勇一途，可以聊以自慰。对于这种情况，别人是爱莫能助的。解铃还须系铃人，只有自己随时警惕。

现在有一些得了世界冠军的运动员，有一句口头禅："从零开始。"意思是，不管冠军或金牌多么灿烂辉煌，一旦到手，即成过去，从现在起，又要从零开始了。

我觉得，从零开始是唯一正确的想法。

七忌：自我封闭

这里专讲知识分子界，别的"界"我不清楚。但是，行文时也难免涉及社会其他阶层。

中国古人说："人生识字忧患始。"其实不识字也有忧患。道家说，万物方生方死。人从生下的一刹那开始，死亡的历程也就开始了。这个历程可长可短，长可能到100年或者更长，短则几个小时，几天，少年夭折者有之，英年早逝者有之，中年弃世者有之，好不容易，跌跌撞撞，坎坎坷坷，熬到了老年，早已心力交瘁了。

能活到老年，是一种幸福，但也是一种灾难。并不是每一个人都能活到老年，所以说是幸福；但是老年又有老年的难处，所以说是灾难。

老年人最常见的现象或者灾难是自我封闭。封闭，有行动上的封闭，有思想感情上的封闭。形式和程度又因人而异。老年人有事理广达者，有事理欠通达者。前者较能认清宇宙万物以及人类社会发展的规律，了解到事物的改变是绝对的，不变是相对的，千万不要要求事物永恒不变。后者则相反，他们要求事物永恒不变，即使变，也是越变越坏。上面讲到的九斤老太就属于此类人。这一类人，即使仍然活跃在人群中，但在思想感情方面，他们也把自己严密地封闭起来了。这是最常见的一种自我封闭的形式。

空言无益，试举几个例子。

我在高中读书时，有一位教经学的老师，是前清的秀才或举人。五经和四书背得滚瓜烂熟，据说还能倒背如流。他教我们

《书经》和《诗经》，从来不带课本，业务是非常熟练的。

可学生并不喜欢他，因为他张口闭口就是我们大清国怎样怎样。学生就给他起了一个诨名“大清国”，他真实的姓名反隐而不彰了。我们认为他是老顽固，他认为我们是新叛逆。我们中间不是代沟，而是万丈深渊，是他把自己完全封闭起来了。

再举一个例子。我有一位老友，写过新诗，填过旧词，毕生研究中国文学史，都达到了相当高的水平。他为人随和，性格开朗，并没有什么乖僻之处。可是，最近几年，突然产生了自我封闭的现象，不参加外面的会，不大愿意见人，自己一个人在家里高声唱歌。我曾几次以老友的身份，劝他出来活动活动，他都婉言拒绝。他心里是怎样想的，至今对我还是一个谜。

我认为，老年人不管有什么形式的自我封闭现象，都是对个人健康不利的。我奉劝普天下老年人力矫此弊。同青年人在一起，即使是新新人类，他们身上的活力也会感染老年人的。

八忌：叹老嗟贫

叹老嗟贫，在中国的读书人中，是常见的现象，特别是所谓怀才不遇的人中，更是特别突出。我们读古代诗文，这样的内容随时可见。在现代的知识分子中，这种现象比较少见了，难道这也是中国知识分子进化或进步的一种表现吗？

我认为，这是一个十分值得研究的课题。它是中国知识分子学和中西知识分子比较学的重要内容。

我为什么又拉扯上了西方的知识分子呢？因为他们与中国的不同，是现成的参照系。

西方的社会伦理道德标准同中国不同，实用主义色彩极浓。一个人对社会有能力做出贡献，社会就尊重你。一旦人老珠黄，对社会没有用了，社会就丢弃你，包括自己的子孙也照样丢弃你，社会舆论不以为忤。当年我在德国哥廷根时，章士钊的夫人也同儿子住在那里，租了一家德国人的三楼居住。我去看望章伯母时，走过二楼，经常看到一间小屋关着门，门外地上摆着一碗饭，一丝热气也没有。我最初认为是喂猫或喂狗用的。后来一打听，才知道是给小屋内卧病不起的母亲准备的饭菜。同时，房东还养了一条大狼狗，一天要吃一斤牛肉。这种天上人间的情况无人非议，连躺在小屋内病床上的老太太，大概也会认为所有这一切都是顺理成章的吧。

在这种狭隘的实用主义大潮中，西方的诗人和学者极少写叹老嗟贫的诗文。同中国比起来，简直不成比例。

在中国，情况则大大不同。中国知识分子一向有学而优则仕的传统。过去一千多年以来，仕的途径只有一条，就是科举。千军万马过独木桥，所有的读书人都拥挤在这一条路上，从秀才举人向上爬，爬到进士参加殿试，僧多粥少，极少数极幸运者可以爬完全程，仕宦而至将相，富贵而归故乡，达到这个目的万人中难得一人。大家只要读一读《儒林外史》，便一目了然。在这样的情况下，倘若科举不利，老而又贫，除了叹老嗟贫以外，实在无路可走了。古人说：诗必穷而后工。其中穷字也有科举不利这个含义。古代大官很少有好诗文传世，其原因实在耐人寻味。

今天，时代变了。但是学而优则仕的幽灵未泯，学士、硕士、博士、院士代替了秀才、举人、进士、状元。骨子里并没有大变。在当今的知识分子中，一旦有了点成就，便立即戴上一顶乌纱帽，这现象难道还少见吗？

今天的中国社会已能跟上世界潮流，但是，封建思想的残余还不容忽视。我们都要加以警惕。

九忌：老想到死

好生恶死，为所有生物之本能。我们只能加以尊重，不能妄加评论。

作为万物之灵的人，更是不能例外。俗话说：“黄泉路上无老少。”可是人一到了老年，特别是耄耋之年，离那个长满了野百合花的地方就越来越近了，此时常想到死，更是非常自然的。

今人如此，古人何独不然！中国古代的文学家、思想家、骚人、墨客大都关心生死问题。根据我个人的思考，各个时代是颇不相同的，两晋南北朝时期似乎更为关注。粗略地划分一下，可以分为三派。

第一派对死十分恐惧，而且十分坦荡地说了出来。这一派可以江淹为代表。他的《恨赋》一开头就说："试望平原，蔓草萦骨，拱木敛魂。人生到此，天道宁论。"最后几句话是："自古皆有死。莫不饮恨而吞声！"话说得再清楚不过了。

第二派可以竹林七贤为代表。《世说新语·任诞第二十三》第一条就讲到阮籍、嵇康、山涛、刘伶、阮咸、向秀和王戎常集于竹林之中，肆意酣畅。这是一群酒徒。其中最著名的刘伶命人荷锹跟着他，说："死便埋我！"可见，对死看得十分豁达。可实际上，情况正相反，他们怕死怕得发抖，聊作姿态以自欺欺人耳。其中当然还有逃避残酷的政治迫害的用意。

第三派可以陶渊明为代表。他的意见具见他的诗《神释》中。诗中有这样的话："老少同一死，贤愚无复数。日醉或能忘，将非促龄具！立善常所欣，谁当为汝誉？甚念伤吾生，正宜委运去。纵浪大化中，不喜亦不惧。应尽便须尽，无复独多虑。"他反对酣酒麻醉自己，也反对常想到死。我认为，这是最正确的态度。最后四句诗成了我的座右铭。

我在上面已经说到，老年人想到死，是非常自然的。关键是，想到以后，自己抱什么态度。惶惶不可终日，甚至饮恨吞声，最要不得。这样必将成陶渊明所说的促龄具。最正确的态度是顺其自然，泰然处之。

鲁迅不到50岁，就写了有关死的文章。王国维则说："五十之年，只欠一死。”结果投了昆明湖。我之所以能泰然处之，有我的特殊原因。“十年浩劫”中，我已走到死亡的边缘上，一个千钧一发的偶然性救了我。从那以后，多活一天，我都认为是多赚的。因此，对死就比较能从容对待了。

我在这里诚挚奉劝普天之下的年老又通达事情的人，偶尔想一下死，是可以的，但不必老想。我希望大家都像我一样，以陶渊明《神释》诗的最后四句为座右铭。

十忌：愤世嫉俗

愤世嫉俗这个现象，没有时代的限制，也没有年龄的限制。古今皆有，老少具备，但以年纪大的人为多。它对人的心理和生理都会有很大的危害，也不利于社会的安定团结。

世事发生必有其因，愤世嫉俗的产生也自有其原因。归纳起来，约有以下诸端：

首先，自古以来，任何时代，任何朝代，能完全满足人民大众的愿望者，绝对没有。不管汉代的文景之治怎样美妙，唐代的贞观之治和开元之治怎样理想，宫廷都难免腐败，官吏都难免贪污，百姓就因而难免不满，其尤甚者就是愤世嫉俗。

其次，学而优则仕达不到目的，特别是科举时代名落孙山者，人不在少数，必然愤世嫉俗。这在中国古代小说中可以找出不少的典型。

再次，古今中外都不缺少自命天才的人。有的真有点儿天才或者才干，有的则只是个人妄想，但是别人偏不买账，于是就愤世嫉俗。其尤甚者，如西方的尼采要重新估定一切价值，又如中国的徐文长，结果无法满足，只好自己发了疯。

最后，也是最常见的，对社会变化的迅猛跟不上，对新生事物看不顺眼，是九斤老太一党。九斤老太不识字，只会说：一代不如一代。识字的知识分子，特别是老年人，便表现为愤世嫉俗，牢骚满腹。

以上只是一个大体的轮廓，不足为据。

在中国文学史上，愤世嫉俗的传统，由来已久。《楚辞》中的“黄钟毁弃，瓦釜雷鸣”等语就是最早的证据之一。以后历代的文人多有愤世嫉俗之作，形成了知识分子性格上的一大特点。

我也算是一个知识分子，姑以我自己为麻雀，加以剖析。愤世嫉俗的情绪和言论，我也是有的。但是，我又有自己的表现方式。我往往不是看到社会上的一些不正常现象而牢骚满腹，怪话连篇，而是迷惑不解，惶恐不安。我曾写文章赞美过代沟，说代沟是人类进步的象征。这是我真实的想法。可是到了目前，我自己也傻了眼，横亘在我眼前的，像我这样老一代人和一些新人类、新新人类之间的代沟，突然显得其阔无限，其深无底，简直无法逾越了，仿佛把人类历史断成了两截。我感到恐慌，我不知道这样发展下去将伊于胡底。我个人认为，这也是愤世嫉俗的一种表现形式，是要不得的；可我一时又改变不过来，为之奈何！

我不知道，与我想法相同或者相似的有没有人在；有的话，究竟有多少人。我想来想去，觉得还是毛泽东的两句诗好：“牢骚太盛防肠断，风物长宜放眼量。”

二〇〇〇年二月二十二日

肆……

糊涂一点，潇洒一点

古人说："文武之道，一张一弛。"
有张无弛不行，有弛无张也不行。
张弛结合，斯乃正道。

我和书

古今中外都有一些爱书如命的人。我愿意加入这一行列。

书能给人以知识，给人以智慧，给人以快乐，给人以希望。但也能给人带来麻烦，带来灾难。在“文化大革命”的年代里，我就以收藏封资修大洋古书籍的罪名挨过批斗。一九七六年地震的时候，也有人警告我，我坐拥书城，夜里万一有什么情况，书城将会封锁我的出路。

批斗对我已成过眼云烟，那种万一的情况也没有发生，我“死不改悔”，爱书如故，至今藏书已经发展到填满了几间房子。除自己购买以外，赠送的书籍越来越多。我究竟有多少书，自己也说不清楚。比较起来，大概是相当多的。搞抗震加固的一位工人师傅就曾多次对我说：这样多的书，他过去没有见过。学校领导对我额外加以照顾，我如今已经有了几间真正的书窝，那种卧室、书斋、会客室三位一体的情况，那种“初极狭，才通人”的桃花源的情况，已经成为历史陈迹了。

有的年轻人看到我的书，瞪大了吃惊的眼睛问我：“这些书你都看过吗？”我坦白承认，我只看过极少极少的一点。“那么，你要这么多书干吗呢？”这确实是难以回答的问题。我没有研究过藏书心理学，三言两语，我说不清楚。我相信，古今中外爱书如命者也不一定都能说清楚。即使说出原因来，恐怕也是五花八门的吧。

真正进行科学研究，我自己的书是远远不够的。也许我搞的这一行有点怪。我还没有发现全国任何图书馆能满足，哪怕是最低限度地满足我的需要。有的题目有时候由于缺书，进行不下去，只好让它搁浅。我抽屉里面就积压着不少这样的搁浅的稿子。我有时候对朋友们开玩笑说：“搞我们这一行，要想有一个满意的图书室简直比搞‘四化’还要难。全国国民收入翻两番的时候，我们也未必真能翻身。”这绝非耸人听闻之谈，事实正是这样。同我搞的这一行有类似困难的，全国还有不少。这都怪我们过去底子太薄，解放后虽然做了不少工作，但是一时积重难返。我现在只有寄希望于未来，发呼吁于同行。我们大家共同努力，日积月累，将来总有一天会彻底改变目前情况的。古人说：“前人种树，后人乘凉。”让我们大家都来当种树人吧。

一九八五年七月八日晨

“天下第一好事，还是读书”

古今中外赞美读书的名人和文章，多得不可胜数。张元济先生有一句简单朴素的话：“天下第一好事，还是读书。”“天下”而又“第一”，可见他对读书重要性的认识。

为什么读书是一件“好事”呢?

也许有人认为，这问题提得幼稚而又突兀。这就等于问：“为什么人要吃饭”一样，因为没有人反对吃饭，也没有人说读书不是一件好事。

但是，我却认为，凡事都必须问一个“为什么”，事出都有因，不应当马马虎虎，等闲视之。现在就谈一谈我个人的认识，谈一谈读书为什么是一件好事。

凡是事情古老的，我们常常说“自从盘古开天地”。我现在还要从盘古开天地以前谈起，从人类脱离了兽界进入人界开始谈。人成了人以后，就开始积累人的智慧，这种智慧如滚雪球，越滚越大，也就是越积越多。禽兽似乎没有发现有这种本领，一只蠢猪一万年以前是这样蠢，到了今天仍然是这样蠢，没有增加什么智慧。人则不然，不但能随时增加智慧，而且根据我的观察，增加的速度越来越快，犹如物体从高空下坠一般。到了今天，达到了知识爆炸的水平。最近一段时间以来，“克隆”使全世界的人都大吃一惊。有的人竟忧心忡忡，不知这种技术发展伊于胡底。信耶稣教的人担心将来一旦“克隆”出来了人，他们的上帝将向何处躲藏。

人类千百年以来保存智慧的手段不出两端：一是实物，比如长城等；二是书籍，以后者为主。在发明文字以前，保存智慧靠记忆；文字发明了以后，则使用书籍。把脑海里记忆的东西搬出来，搬到纸上，就形成了书籍，书籍是贮存人类代代相传的智慧的宝库。后一代的人必须读书，才能继承和发扬前人的智慧。人类之所以能够进步，永远不停地向前迈进，靠的就是能读书又能写书的本领。我常常想，人类向前发展，犹如接力赛跑，第一代人跑第一棒，第二代人接过棒来，跑第二棒，以至第三棒、第四棒，永远跑下去，永无穷尽，这样智慧的传承也永无穷尽。这样的传承靠的主要就是书，书是事关人类智慧传承的大事，这样一来，读书不是“天下第一好事”又是什么呢？

但是，话又说了回来，中国历代都有“读书无用论”的说法，读书的知识分子，古代通称之为“秀才”，常常成为被取笑的对象，比如说什么“秀才造反，三年不成”，是取笑秀才的无能。这话不无道理。在古代——请注意，我说的是“在古代”，今天已经完全不同了——造反而成功者几乎都是不识字的痞子流氓，中国历史上两个马上皇帝，开国“英主”，刘邦和朱元璋，都属此类。诗人只有慨叹“可惜刘项不读书”。“秀才”最多也只有成为这一批地痞流氓的“帮忙”或者“帮闲”，帮不上的，就只好慨叹“儒冠多误身”了。

但是，话还要再说回来，中国悠久的优秀的传统文化的传承者，是这一批地痞流氓，还是“秀才”？答案皎如天日。这一批“读书无用论”的现身“说法”者的“高祖”“太祖”之类，除了镇压人民剥削人民之外，只给后代留下了什么陵之类，供今天搞旅游的人赚钱而已。他们对我们国家竟无贡献可言。

总而言之，“天下第一好事，还是读书”。

一九九七年四月八日

时间

一抬头，就看到书桌上座钟的秒针在一跳一跳地向前走动。它那里一跳，我的心就一跳。孔子说："逝者如斯夫，不舍昼夜！"这里指的是水。水永远不停地流逝，让孔夫子吃惊兴叹。我的心跳，跳的是时间。水是能看得见，摸得着的。时间却看不见，摸不着，它的流逝你感觉不到，然而确实是在流逝。现在我眼前摆上了座钟，它的秒针一跳一跳的，让我再清楚不过地看到了时间的流逝，焉能不心跳？焉能不兴叹呢？

远古的人大概是很幸福的。他们日出而作，日入而息，根据太阳的出没来规定自己的活动。即使能感到时间的流逝，也只在依稀隐约之间。后来，他们聪明了，根据太阳光和阴影的推移，把时间称作光阴。再后来，人们的聪明才智更提高了，用铜壶滴漏的办法来显示和测定时间的推移，这是用人工来抓住看不见摸不着的时间的尝试。到了近几百年，人类发明了钟表，把时间的存在与流逝清清楚楚地摆在每一个人的面前。这是人类文明进步的表现。但是，正如人们常说的那样，有一利必有一弊，人类成了时间的奴隶，成了手表的奴隶。现在各种各样的会极多，开会必须规定时间，几点几分，不能任意伸缩。如果参加重要的会，而路上偏偏赶上堵车，任你怎样焦急，怎样频频看手表，都是白搭。这不是典型的时间的奴隶，又是什么呢？然而，话又说了回来，在今天头绪纷纭杂乱有章的社会里，开会不定时间，还像古人那样“日出而作，日入而息”，优哉游哉，顺帝之则，今天的社会还能运转吗？不管你愿意不愿意，成为时间的奴隶就正是文明的表现。

不管你意识到还是没有意识到，大自然还是把虚无缥缈的时间用具体的东西暗示给了人们。比如用日出日落标志出一天，用月亮的圆缺标志出一月，用四季（在印度是六季或者两季）标志出一年。农民最关心这些问题，一年二十四个节气，对他们种庄稼有重要意义。在自然科学家和哲学家眼中，时间具有另外的意义。他们说，大千世界，人类万物，都生长在时间和空间内，而时间是无头无尾的，空间是无边无际的。我既不是自然科学家，也不是哲学家，对无头无尾和无边无际实在难以理解。可是不这样，又能怎样呢？如果时间有了头尾，头以前、尾以后，又是什么呢？因此，难以理解也只得理解，此外更没有其他途径。

生与死也属于时间范畴。一般人总是把生与死绝对对立起来。但是，中国古代的道家却主张“万物方生方死”，把生与死辩证地联系在一起，而且准确无误地道出了生即死的关系。随着座钟秒针的一跳，我自己就长了无法用言语表达出来的那么一点点儿；同时也是向着死亡走近了那么一点点儿。不但我是这样，现在正是初夏，窗外的玉兰花、垂柳和深埋在清塘里的荷花，也都长了那么一点点儿。不久前还是冰封的湖水，现在是“风乍起，吹皱一池夏水”，波光潋滟，水色接天。岸上的垂杨，从光秃秃的枝条上逐渐长出了小叶片，一转瞬，出现了一片鹅黄；再一转瞬，就是一片嫩绿；现在则是接近浓绿了。小山上原来是一片枯草，“一夜东风送春暖，满山开遍二月兰”。今年是二月兰的大年，山上地下，只要有空隙，二月兰必然出现在那里，座钟的秒针再跳上多少万次，二月兰就将枯萎，也就是走向暂时的死亡了。所有这些东西，都是方生方死。这是自然的规律，不可逆转的。

印度人是聪明的，他们把时间和死亡视为一物。梵文hāla，既是“时间”，又是“死亡或死神”。《罗摩衍那》的主人公罗摩，在活了极长的时间以后，hāla走上门来，这表示他就要死亡了。罗摩泰然处之，既不“饮恨”，也不“吞声”。他知道这是自然规律，人类是无能为力的。我们今天知道，不但人类是这样，世界上万事万物都有始有终，无一例外。“顺其自然”是最好的办法。我在这里顺便说一下。在梵文里，动词“死”的字根是mn，但是此字不用manati来表示现在时，而是用被动式mniyati（ti）。这表示，印度人认为“死”是被动的，主动自杀者究属少数。

同印度人比较起来，中国人大概希望争取长生。越是有钱有势的人，越希望活下去。在旧社会里，生活在水深火热中的小百姓，绝不会愿意长远活下去的。而富有天下的天子则热切希望长生。中国历史上几位有名的英主，莫不如此。秦始皇和汉武帝都寻求不死之药或者仙丹什么的。连唐太宗都是服用了印度婆罗门的“仙药”而中毒身亡的。老百姓书呆子中也有寻求肉身升天的，而且连鸡犬都带了上去。我这个木头脑袋瓜真想也想不通。如果真有那么一个“天”的话，人数也不会太多。升到那里去干些什么呢？那里不会有官僚衙门，想走后门靠贿赂来谋求升官，没有这个可能。那里也不会有什么市场，什么WTO，想发财也英雄无用武之地。想打麻将，唱卡拉OK，唱几天，打几天，还是会有兴趣的，但让你一月月一年年永远打下去，你受得了吗？养鸡喂狗，永远喂下去，你也受不了。“不为无益之事，何以遣有涯之生！”无益之事天上没有。在天上待长了，你一定会自杀的。苏东坡说“起舞弄清影，何似在人间！”是有见地之言。我们还是老老实实待在人间吧。

要待在人间，就必须受时间的制约。在时间面前，人人平等。如果想不通我在上面说的那些并不深奥的道理，时间就变成了枷锁，让你处处感到不舒服。但是，如果真想通了，则戴着枷锁跳舞反而更能增加一些意想不到的兴趣。我自认是想通了。现在照样一抬头就看到书桌上座钟的秒针一跳一跳地向前走动，但是我的心却不跳了。我觉得这是时间给我提醒，让我知道时间的价值。“一寸光阴不可轻”，朱子这句诗对我这个年过九十的老头儿也是适用的。

二〇〇二年三月三十一日

我们面对的现实

我们面对的现实，多种多样，很难一一列举。现在我只谈两个：第一，生活的现实；第二，学术研究的现实。

生活的现实

生活，人人都有生活，它几乎是一个广阔无垠的概念。在家中，天天开门七件事：柴、米、油、盐、酱、醋、茶，人人都必须有的。这且不表。要处理好家庭成员的关系，不在话下。在社会上，就有了很大的区别。当官的，要为人民服务，当然也盼指日高升。大款们另有一番风光，炒股票、玩期货，一夜之间成了暴发户，腰缠十万贯，“春风得意马蹄疾，一日看尽长安花”。当然，一旦破了产，跳楼自杀，有时也在所难免。我辈书生，青灯黄卷，兀兀穷年，有时还得爬点格子，以济工资之穷。至于引车卖浆者流，只有拼命干活，才得糊口。

这都是我们必须面对的生活。我们必须黾勉从事，过好这个日子（生活），自不待言。

但是，如果我们把眼光放远一点，把思虑再深化一点，想一想全人类的生活，你感觉到危险性了没有？也许有人感到，我们这个小小寰球并不安全。有时会有地震，有时会有天灾，刀兵水火，疾病灾殃，说不定什么时候就会驾临你的头上，躲不胜躲，防不胜防。对策只有一个：顺其自然，尽上人事。

如果再把眼光放得更远，让思虑钻得更深，则眼前到处是看不见的陷阱。我自己也曾幼稚过一阵。我读东坡《（前）赤壁赋》：“惟江上之清风，与山间之明月，耳得之而为声，目遇之而成色。取之无禁，用之不竭。是造物者之无尽藏也，而吾与子之所共适。”我深信苏子讲的句句是真理。然而，到了今天，江上之风还清吗？山间之月还明吗？谁都知道，由于大气的污染，风早已不清，月早已不明了。与此有联系的还有生态平衡的破坏，动植物品种的灭绝，新疾病的不断出现，人口的爆炸，臭氧层出了洞，自然资源——其中包括水——的枯竭，如此等等，不一而足。我们人类实际上已经到了“盲人骑瞎马，夜半临深池”的地步。令人吃惊的是，虽然有人已经注意到了这个现象，但并没有提高到与人类生存前途挂钩的水平，仍然只是头痛治头，脚痛治脚。还有人幻想用西方的“科学”来解救这一场危机。我认为，这是不太可能的。这一场灾难主要就是西方“征服自然”的“科学”造成的，西方科学优秀之处，必须继承；但是必须从根本上、从思想上解决问题，以东方的“民胞物与”的“天人合一”思想济西方“科学”之穷。人类前途，庶几有望。

学术研究的现实

对我辈知识分子来说，除了生活的现实之外，还有一个学术研究的现实。我在这里重点讲人文社会科学，因为我自己是搞这一行的。

文史之学，中国和欧洲都已有很长的历史。因两处具体历史情况不同，所以发展过程不尽相同。但是总的研究对象和研究方法多有相通之处，对象大都是古典文献。就中国而论，由于字体屡变，先秦典籍的传抄工作，不能不受到影响。但是，读书必先识字，此《说文解字》之所以必作也。新材料的出现，多属偶然。地下材料，最初是“地不爱宝”，它自己把材料贡献出来的，有目的有意识的发掘工作是后来兴起的。盗墓者当然是例外。至于社会调查，古代不能说没有。采风就是调查形式之一。有计划有组织有目的的社会调查工作，也是晚起的，恐怕还是多少受了点西方的影响。

古代文史工作者用力最勤的是记诵之学。在科举时代，一个举子必须能背“四书”“五经”，这是起码的条件。否则连秀才也当不上，遑论进士！扩而大之，要背诵十三经，有时还要连上注疏。至于传说有人能倒背十三经，对于我至今还是个谜，一本书能倒背吗？背了有什么用处呢？

社会不断前进，先出了一些类似后来索引的东西，系统的科学的索引，出现最晚，恐怕也是受西方的影响，有人称之为“引得”（index），显然是舶来品。

但是，不管有没有索引，索引详细不详细，我们研究一个题目，总要先积累资料。而积累资料，靠记诵也好，靠索引也好，都是十分麻烦，十分困难的。有时候穷年累月，滴水穿石，才能勉强凑足够写一篇论文的资料，有一些资料可能还是可遇而不可求的。写文章之难真是难于上青天。

然而，石破天惊，电脑出现了，许多古代典籍逐渐输入电脑了，不用一举手一投足之劳，只需发一命令，则所需的资料立即呈现在你的眼前，一无遗漏。岂不痛快也哉！

这就是眼前我们面对的学术现实。最重要最困难的搜集资料工作解决了，岂不是人人皆可以为大学者了吗？难道我们还不能把枕头垫得高高的“高枕无忧”了吗？

我说：“且慢！且慢！我们的任务还并不轻松！”我们面临这一场大的转折，先要调整心态。对电脑赐给我们的资料，要加倍细致地予以分析使用。还有没有输入电脑的书，仍然需要我们去翻检。

我害怕“天才”

人类的智商是不平衡的，这种认识已经属于常识的范畴，无人会否认的。不但人类如此，连动物也不例外。我在乡下观察过猪，我原以为这蠢然一物，智商都一样，无所谓高低的。然而事实上猪们的智商颇有悬殊。我喜欢养猫，经我多年的观察，猫们的智商也不平衡，而且连脾气都不一样，颇使我感到新奇。

猪们和猫们有没有天才，我说不出。专就人类而论，什么叫作“天才”呢？我曾在一本书里或一篇文章里读到过一个故事。某某数学家，在玄秘深奥的数字和数学符号的大海里游泳，如鱼得水，圆融无碍。别人看不到的问题，他能看到；别人解答不了的方程式之类的东西，他能解答。于是众人称之为“天才”。但是，一遇到现实生活中的问题，他的智商还比不了一个小学生。比如猪肉三角三分一斤，五斤猪肉共值多少钱呢？他瞠目结舌，无言以对。

因此，我得出一个结论：“天才”即偏才。

在中国文学史或艺术史上，常常有几“绝”的说法。最多的是“三绝”，指的是诗、书、画三绝。所谓“绝”，就是超越常人，用一个现成的词儿，就是“天才”。可是，如果仔细分析起来，这个人在几绝中只有一项或者两项是真正的“绝”，为常人所不能及，其他几绝都是为了凑数凑上去的。因此，所谓“三绝”或几绝的“天才”，其实也是偏才。

可惜古今中外参透这一点的人极少极少，更多的是自命“天才”的人。这样的人老中青都有。他们仿佛是从菩提树下金刚台上走下来的如来佛，开口便昭告天下：“天上天下，唯我独尊。”这种人最多是在某一方面稍有成就，便自命不凡起来，看不起所有的人，一副“天才气”，催人欲呕。这种人在任何团体中都不能团结同仁，有的竟成为害群之马。从前在某个大学中有一位年轻的历史教授，自命“天才”，瞧不起别人，说这个人是“狗蛋”，那个人是“狗蛋”。结果是投桃报李，群众联合起来，把“狗蛋”的尊号恭呈给这个人，他自己成了“狗蛋”。

这样的人在当今社会上并不少见，他们成为社会上不安定的因素。

蒙田在一篇名叫《论自命不凡》的随笔中写道：

> 对荣誉的另一种追求，是我们对自己的长处评价过高。这是我们对自己怀有的本能的爱，这种爱使我们把自己看得和我们的实际情况完全不同。

我绝不反对一个人对自己本能的爱。应该把这种爱引向正确的方向。如果把它引向自命不凡，引向自命“天才”，引向傲慢，则会损己而不利人。

我害怕的就是这样的“天才”。

一九九九年七月二十五日

赞“代沟”

现在常常听到有人使用“代沟”这个词儿。这个词儿看起来像一个外来语。然而它表达的内容却不限于外国，而是有普遍意义的，中国当然也不能够例外。

青年人怎样议论“代沟”，我不清楚。老年人一谈起来，往往流露出十分不满意的神气，有时候甚至有类似“人心不古，世道浇漓”之类的慨叹。这种神气和慨叹我也有过。我现在是一个地地道道的老年人了。老年人的心理状态，我同样也是有的。我们大概都感觉到，在青年人身上有一些东西，我们看着不顺眼；青年人嘴里讲一些话，我们听上去不大顺耳，特别是那一些新造的名词更是特别刺耳。他们的衣着、他们的态度、他们的言谈举动以及接物待人的礼节、他们欣赏的对象和趣味，总之，一切的一切，我们无不觉得不那么顺溜。脾气好一点的老头摇一摇头，叹一口气，脾气不太好的就难免发发牢骚，成为九斤老太的同党了。

如果说有一条沟的话，那么，我们就站在沟的这一边，那一边站的是年轻人。但是若干年以前，我们也曾在沟的那一边站过，站在这一边的是我们的父母、老师、长辈。不知道从什么时候起，好像是在一夜之间，我们忽然站到这边来了。原来站在这边的人，由于自然规律不可抗御，一个个地让出了位置，走向涅槃，空出来的位置由我们来递补。有如秋后的树木，落叶渐多，枝头渐空，全身都在秋风里，只有日渐凋零了。这一个过程是非常非常微妙的，好像一点痕迹都没有留下，然而它确实是存在的。

站在沟这一边的老人，往往有一些杞忧。过去老人喜欢说一些世风日下之类的话，其尤甚者甚至缅怀什么羲皇盛世。现在这种人比较少了，但是类似这样的感慨还是有的。我在这一方面似乎更特别敏感。最近几年，我曾数次访问日本。年纪大一点的日本朋友对于中国文化能够理解，能够欣赏，他们感谢中国文化带给日本的好处，感激之情，溢于言表。中国古代的诗词和书画，他们熟悉。他们身上有一股“老”味，让我们觉得很亲切。然而据日本朋友说，现在的年轻人可完全不是这个样子了。中国古代的那一套，他们全不懂，全不买账，他们喝咖啡，吃西餐，一切唯西方马首是瞻。同他们交往，他们身上有一股“新”味，这种“新”味使我觉得颇不舒服。我自己反复琢磨，中日交往垂二千年。到了近代，日本虽然进行了改革，成为世界上头号经济强国，但是在过去还多少有点共同语言。好像在一夜之间，忽然从地里涌出了一代“新人类”，同过去几乎完全割断了纽带联系。

同这一群新人打交道，我简直手足无所措。这样下去，我们两国不是越来越疏远吗？为什么几千年没有变，而今天忽然变了呢？我冥思苦想，不得其解。

在中国，我也有这种杞忧。过去，当我站在沟的那一边的时候，我虽然也感到同沟这一边的老年人有点隔阂，但并不认为十分严重，然而到了今天，世界变化空前加速，真正是一天等于二十年，我来到了沟的这一边，顿时觉得沟那一边的年轻人也颇有“新人类”的味道。他们所作所为，很多我都觉得有点难以理解。男女自由恋爱，在封建时期是不允许的；在解放前允许了，但也多半不敢明目张胆。如果男女恋人之间接一个吻，恐怕也要秘密举行。然而今天呢，青年们在光天化日之下，大庭广众之间，公然拥抱接吻，坦然，泰然，甚至还有比这更露骨的举动，我看了确实感到吃惊，又觉得难以理解。我原来自认为脑筋还没有僵化，同九斤老太划清了界限。曾几何时，我也竟成了她的“同路人”，岂不大可异哉！又岂不大可哀哉！

不管从世界范围来看，还是从中国范围来看，代沟自古以来就存在的，任何国家，任何时代，都是不可避免的。然而，根据我个人的感觉，好像是“自古已然，于今为烈”，好像任何时候也没有今天这样明显。青年老年之间存在的好像已经不是沟，而是长江大河，其中波涛汹涌，难以逾越，我们两代人有点难以互相理解的势头了。为代沟而杞忧者自古就有，今天也决不乏人。我也是其中之一，而且还可能是“积极分子”。

说了上面这一些话以后，倘若有人要问："你对代沟抱什么态度呢？"答曰："坚决拥护，竭诚赞美！"

试想一想：如果没有代沟，青年人和老年人完全一模一样，人类的进步表现在什么地方呢？再往上回溯一下，如果在猴子中间没有代沟，所有的猴子都只能用四条腿在地上爬行，哪一只也决不允许站立起来，哪一只也决不允许使用工具劳动，某一类猴子如何能转变成人呢？从语言方面来讲，如果不允许青年们创造一些新词，我们的语言如何能进步呢？孔老头子说的话如果原封不动地保留到今天，这种情况你能想象吗？如果我们今天的报纸杂志孔老夫子这位圣人都完全能懂，这是可能的吗？人类社会在不停地变化，世界新知识日新月异，如果不允许创造新词儿，那么，语言就不能表达新概念、新事物，语言就失去存在的意义了，这种情况是可取的吗？总之，代沟是不可避免的，而且是十分必要的。它标志着变化，它标志着进步，它标志着社会演化，它标志着人类前进。不管你是否愿意，它总是要存在的，过去存在，现在存在，将来也还要存在。

因此，我赞美代沟，用满腔热忱来赞美代沟。

一九八七年四月二十九日　上海华东师大

做人与处世

一个人活在世界上，必须处理好三个关系：第一，人与大自然的关系；第二，人与人的关系，包括家庭关系在内；第三，个人心中思想与感情矛盾与平衡的关系。这三个关系，如果能处理得好，生活就能愉快；否则，生活就有苦恼。

人本来也是属于大自然范畴的。但是，人自从变成了“万物之灵”以后，就同大自然闹起独立来，有时竟成了大自然的对立面。人类的衣食住行所有的资料都取自大自然，我们向大自然索取是不可避免的，关键是怎样去索取。索取手段不出两途：一用和平手段，一用强制手段。我个人认为，东西文化之分野，就在这里。西方对待大自然的基本态度或指导思想是“征服自然”，用一句现成的套话来说，就是用处理敌我矛盾的方法来处理人与大自然的关系。结果呢，从表面上看上去，西方人是胜利了，大自然真的被他们征服了。自从西方产业革命以后，西方人屡创奇迹。楼上楼下，电灯电话。大至宇宙飞船，小至原子，无一不出自西方“征服者”之手。

然而，大自然的容忍是有限度的，它是能报复的，它是能惩罚的。报复或惩罚的结果，人皆见之，比如环境污染、生态失衡、臭氧层出洞、物种灭绝、人口爆炸、淡水资源匮乏、新疾病产生，如此等等，不一而足。这些弊端中哪一项不解决都能影响人类生存的前途。我并非危言耸听，现在全世界人民和政府都高呼环保，并采取措施。古人说：“失之东隅，收之桑榆。”犹未为晚。

中国或者东方对待大自然的态度或哲学基础是“天人合一”。宋人张载说得最简明扼要：“民吾同胞，物吾与也。”“与”的意思是伙伴。我们把大自然看作伙伴。可惜我们的行为没能跟上。在某种程度上，也采取了“征服自然”的办法，结果也受到了大自然的报复，前不久南北的大洪水不是很能发人深省吗?

至于人与人的关系，我的想法是：对待一切善良的人，不管是家属，还是朋友，都应该有一个两字箴言：一曰真，二曰忍。真者，以真情实意相待，不允许弄虚作假。对待坏人，则另当别论。忍者，相互容忍也。日子久了，难免有点磕磕碰碰。在这时候，头脑清醒的一方应该能够容忍。如果双方都不冷静，必致因小失大，后果不堪设想。唐朝张公艺的“百忍”是历史上有名的例子。

至于个人心中思想感情的矛盾，则多半起于私心杂念。解之之方，唯有消灭私心，学习诸葛亮的“淡泊以明志，宁静以致远”，庶几近之。

一九九八年十一月十七日

走运与倒霉

走运与倒霉，表面上看起来，似乎是绝对对立的两个概念。世人无不想走运，而绝不想倒霉。

其实，这两件事是有密切联系的，互相依存的，互为因果的。说极端了，简直是一而二、二而一者也。这并不是我的发明创造。两千多年前的老子已经发现了，他说："祸兮，福之所倚，福兮，祸之所伏。孰知其极？其无正。"老子的"福"就是走运，他的"祸"就是倒霉。

走运有大小之别，倒霉也有大小之别，而二者往往是相通的。走的运越大，则倒的霉也越惨，二者之间成正比。中国有一句俗话说："爬得越高，跌得越重。"形象生动地说明了这种关系。

吾辈小民，过着平平常常的日子，天天忙着吃、喝、拉、撒、睡；操持着柴、米、油、盐、酱、醋、茶。有时候难免走点小运，有的是主动争取来的，有的是时来运转，好运从天上掉下来的。高兴之余，不过喝上二两二锅头，飘飘然一阵了事。但有时又难免倒点小霉，“闭门家中坐，祸从天上来”，没有人去争取倒霉的。倒霉以后，也不过心里郁闷几天，对老婆孩子发点小脾气，转瞬就过去了。

但是，历史上和眼前的那些大人物和大款，他们一身系天下安危，或者系一个地区、一个行当的安危。他们得意时，比如打了一个大胜仗，或者倒卖房地产、炒股票，发了一笔大财，意气风发，踌躇满志，自以为天上天下，唯我独尊。“固一世之雄也”，怎二两二锅头了得！然而一旦失败，不是自刎乌江，就是从摩天高楼跳下，“而今安在哉”！

从历史上到现在，中国知识分子有一个“特色”，这在西方国家是找不到的。中国历代的诗人、文学家，不倒霉则走不了运。司马迁在《太史公自序》中说：“昔西伯拘羑里，演《周易》；孔子厄陈、蔡，作《春秋》；屈原放逐，著《离骚》；左丘失明，厥有《国语》；孙子膑脚，而论兵法；不韦迁蜀，世传《吕览》；韩非囚秦，《说难》《孤愤》；《诗》三百篇，大抵贤圣发愤之所为作也。”司马迁算的这个总账，后来并没有改变。汉以后所有的文学大家，都是在倒霉之后，才写出了震古烁今的杰作。像韩愈、苏轼、李清照、李后主等一批人，莫不皆然。从来没有过状元宰相成为大文学家的。

了解了这一番道理之后，有什么意义呢？我认为，意义是重大的。它能够让我们头脑清醒，理解祸福的辩证关系：走运时，要想到倒霉，不要得意过了头；倒霉时，要想到走运，不必垂头丧气。心态始终保持平衡，情绪始终保持稳定，此亦长寿之道也。

一九九八年十一月二日

牵就与适应

牵就，也作“迁就”和“适应”，是我们说话和行文时常用的两个词儿，含义颇有些类似之处，但是，一仔细琢磨，二者间实有差别，而且是原则性的差别。

根据词典的解释，《现代汉语词典》注“牵就”为“迁就”和“牵强附会”。注“迁就”为“将就别人”，举的例是：“坚持原则，不能迁就。”注“将就”为“勉强适应不很满意的事物或环境”，举的例是“衣服稍微小一点，你将就着穿吧！”注“适应”为“适合（客观条件或需要）”，举的例子是“适应环境”。“迁就”这个词儿，古书上也有，《辞源》注为“舍此取彼，委曲求合”。

我说，二者含义有类似之处，《现代汉语词典》注“将就”一词时就使用了“适应”一词。

词典的解释，虽然头绪颇有点乱，但是，归纳起来，“牵就（迁就）”和“适应”这两个词儿的含义还是清楚的。“牵就”的宾语往往是不很令人愉快、令人满意的事情。在平常的情况下，这种事情本来是不能或者不想去做的。极而言之，有些事情甚至是违反原则的，违反做人的道德的，当然完全是不能去做的。但是，迫于自己无法掌握的形势，或者出于利己的私心，或者出于其他的什么原因，非做不行，有时候甚至昧着自己的良心，自己也会感到痛苦的。

根据我个人的语感，我觉得，“牵就”的根本含义就是这样，词典上并没有说清楚。

但是，又是根据我个人的语感，我觉得，“适应”同“牵就”是不相同的。我们每一个人都会经常使用“适应”这个词儿的。不过在大多数的情况下，我们都是习而不察。我手边有一本沈从文先生的《花花朵朵坛坛罐罐》，汪曾祺先生的《代序：沈从文转业之谜》中有一段话说：“一切终得变，沈先生是竭力想适应这种‘变’的。”这种“变”，指的是解放。沈先生写信给人说：“对于过去种种，得决心放弃，从新起始来学习。这个新的起始，并不一定即能配合当前需要，惟必能把握住一个进步原则来肯定，来完成，来促进。”沈从文先生这个“适应”，是以“进步原则”来适应新社会的。这个“适应”是困难的，但是正确的。我们很多人在解放初期都有类似的经验。

再拿来同“牵就”一比较，两个词儿的不同之处立即可见。“适应”的宾语，同“牵就”不一样，它是好的事物，进步的事物，即使开始时有点困难，也必能心悦诚服地予以克服。在我们的一生中，我们会经常不断地遇到必须“适应”的事务，“适应”成功，我们就有了“进步”。

简截说：我们须“适应”，但不能“牵就”。

论恐惧

法国大散文家和思想家蒙田写过一篇散文《论恐惧》。他一开始就说：

> 我并不像有人认为的那样是研究人类本性的学者，对于人为什么恐惧所知甚微。

我当然更不是一个研究人类本性的学者，虽然在高中时候读过心理学这样一门课，但其中是否讲到过恐惧，早已忘到爪哇国去了。

可我为什么现在又写《论恐惧》这样一篇文章呢？

理由并不太多，也谈不上堂皇。只不过是因为我常常思考这个问题，而今又受到了蒙田的启发而已。好像是蒙田给我出了这样一个题目。

根据我读书思考的结果，也根据我自己的经验，恐惧这一种心理活动和行动是异常复杂的，绝不是三言两语所能说得清楚的。人们可以从很多角度来探讨恐惧问题，我现在谈一下我自己从一个特定角度上来研究恐惧现象的想法，当然也只能极其概括，极其笼统地谈。

我认为，应当恐惧而恐惧者是正常的。应当恐惧而不恐惧者是英雄。我们平常所说的从容镇定，处变不惊，就是指的这个。不应当恐惧而恐惧者是孱头。不应当恐惧而不恐惧者也是正常的。

两个正常的现象用不着讲，我现在专讲三两个不正常的现象。要举事例，那就不胜枚举。我索性专门从《晋书》里面举出两个事例，两个都与苻坚有关。《谢安传》中有一段话：

> 玄等既破坚，有驿书至，安方对客围棋，看书既，竟便摄放床上，了无喜色，棋如故。客问之，徐答曰："小儿辈遂已破贼。"

苻坚大兵压境，作为大臣的谢安理当恐惧不安，然而他竟这样从容镇定，至今传颂不已。所以我称之为英雄。

《晋书·苻坚传》有下面这几段话：

> 谢石等以既败梁成，水陆继进。坚与苻融登城而望王师，见部阵齐整，将士精锐，又北望八公山上草木，皆类人形，顾谓融曰："此亦勍敌也，何谓少乎！"怃然有惧色。

下面又说：

> 坚大惭，顾谓其夫人张氏曰："朕若用朝臣之言，岂见今日之事耶！当何面目复临天下乎！"潸然流涕而去，闻风声鹤唳，皆谓晋师之至。

这活生生地画出了一个孱头。敌兵压境，应当振作起来，鼓励士兵，同仇敌忾，可是苻坚自己却先泄了气。这样的人不称为孱头，又称之为什么呢？结果留下了两句著名的话："风声鹤唳，草木皆兵。"至今还流传在人民的口中，也可以说是流什么千古了。

如果想从《论恐惧》这一篇短文里吸取什么教训的话，那就是明明白白地摆在眼前的。我们都要锻炼自己，对什么事情都不要惊慌失措，而要处变不惊。

二〇〇一年三月十三日

漫谈伦理道德

现在，以德治国的口号已经响彻祖国大地。大家都认为，这个口号提得正确，提得及时，提得响亮，提得明白。但是，什么叫“德”呢？根据我的观察，笼统言之，大家都理解得差不多。如果仔细一追究，则恐怕是言人人殊了。

我不揣谫陋，想对“德”字进一新解。

但是，我既不是伦理学家，对哲学家们那些冗见别扭的分析阐释又不感兴趣，我只能用自己惯常用的野狐参禅的方法来谈这个问题。既称野狐，必有其不足之处，但同时也必有其优越之处，它没有教条，不见框框，宛如天马行空，驰骋自如，兴之所至，灵气自生，谈言微中，搔着痒处，恐亦难免。坊间伦理学书籍为数必多，我一不购买，二不借阅，唯恐读了以后“污染”了自己观点。

近若干年以来，我一直在考虑一个问题。人生一世，必须处理好三个关系：第一，人与大自然的关系，也就是天人关系；第二，人与人的关系，也就是社会关系；第三，个人身、口、意中正确与错误的关系，也就是修身问题。这三个关系紧密联系，互为因果，缺一不可。这些说法也许有人认为太空洞，太玄妙。我看有必要分别加以具体的说明。

首先谈人与大自然的关系。在人类成为人类之前，他们是大自然的一个不可或缺的组成部分。等到成为人类之后，就同自然闹起独立性来，把自己放在自然的对立面上。尤有甚者，特别是在西方，自从产业革命以后，通过所谓发明创造，从大自然中得到了一些甜头，于是遂诛求无餍，最终提出了“征服自然”的口号。他们忘记了一个基本事实，人类的衣、食、住、行的所有资料都必须取自大自然。大自然不会说话，“天何言哉！”但是却能报复。恩格斯说过：

> 我们不能过分陶醉于我们对自然界的胜利，对于每一次这样的胜利，自然界都报复了我们。

在一百多年以前，大自然的报复还不十分明显，恩格斯竟能说出这样准确无误又含义深远的话，真不愧是马克思主义伟大的奠基人之一！到了今天，大自然的报复已经十分明显，十分怵目惊心，举凡臭氧出洞、温室效应、全球变暖、淡水短缺、生态失衡、物种灭绝、人口爆炸、资源匮乏、新疾病产生、环境污染，如此等等，不胜枚举。其中哪一项如果得不到控制，都能影响人类的生存前途。到了这种危急关头，世界上一些有识之士才幡然醒悟，开了一些会，采取了一些措施。世界上一些国家的领导人也知道要注意环保问题了，这都是好事。但是，根据我个人的看法，还都是不够的。我们必须努力发出狮子吼，对全世界发聋振聩。

其次，我想谈一谈人与人的关系。自从人成为人以后，就逐渐形成了一些群体，也就是我们现在称之为社会的组织。这些群体形形色色，组织形式不同，组织原则也不同，但其为群体则一也。人与人之间，有时候利益一致，有时候也难免产生矛盾。举一个极其简单的例子，比如讲民主，讲自由，都不能说是坏东西，但又都必须加以限制。就拿大城市交通来说吧，绝对的自由是行不通的，必须有红绿灯，这就是限制。如果没有这个限制，大城市一天也存在不下去。这里撞车，那里撞人，弄得人人自危，不敢出门，社会活动会完全停止，这还能算是一个社会吗？这只是一个小例子，类似的大小例子还能举出一大堆来。因此，我们必须强调要处理好社会关系。

最后，我要谈一谈个人修身问题。一个人，对大自然来讲，是它的对立面；对社会来讲，是它的最基本的组成部分，是它的细胞。因此，在宇宙间，在社会上，一个人所处的地位是十分关键的。一个人的思想、语言和行动方向的正确或错误是有重要意义的。一个人进行修身的重要性也就昭然可见了。

写到这里，也许有人要问：你不是谈伦理道德问题吗，怎么跑野马跑到正确处理三个关系上去了？我敬谨答曰：我谈正确处理三个关系，正是谈伦理道德问题。因为，三个关系处理得好，人类才能顺利发展，社会才能阔步前进，个人生活才能快乐幸福。这是最高的道德，其余那些无数的烦琐的道德教条都是从属于这个最高道德标准的。这个道理，即使是粗粗一想，也是不难明白的。如果这三个关系处理不好，就要根据“不好”的程度而定为道德上有缺乏、不道德或“缺德”，严重的“不好”，就是犯罪。这个道理也是容易理解的。

全世界都承认，中国是伦理道德的理论和实践最发达的国家。中国伦理道德的基础是先秦时期的儒家打下的，在其后发展的过程中，又掺杂进来了一些道家思想和佛家思想，终于形成了现在这样一个伦理体系，仍在支配着我们的社会行动。这个体系貌似清楚，实则是一个颇为模糊的体系。三教信条你中有我、我中有你，绝不是泾渭分明的，但仍以儒家为主，则是可以肯定的。

儒家的伦理体系在先秦初打基础时可以孔子和孟子为代表。孔子学说的中心，也可以说是伦理思想的中心，是一个“仁”字。这个说法已为学术界比较普遍地接受。孟子学说的中心，也可以说伦理思想的中心，是“仁”“义”二字。对此，学术界没有异词。先秦其他儒家的学说，我们不一一论列了。至于先秦以后几千年儒家学者伦理道德的思想，我在这里也不一一论列了。一言以蔽之，他们基本上沿用孔孟的学说，间或有所增益或有新的解释，这是事物发展的必然规律，不足为怪。不这样，反而会是不可思议的。

多少年来，我个人就有个想法。我觉得，儒家伦理道德学说的重点不在理论而在实践。先秦儒家已经安排好了的：格物、致知、诚意、正心、修身、齐家、治国、平天下，是大家所熟悉的。这样的安排极有层次，煞费苦心，然而一点理论的色彩都没有。也许有人会说，人家在这里本来就不想讲理论而只想讲实践的。我们即使承认这一句话是对的，但是，什么是“仁”？什么是“义”？这在理论上总应该有点交代吧，然而，提到“仁”“义”的地方虽多，也只能说是模糊语言，读者或听者并不能得到一点清晰的概念。

秦代以后，到了唐代，以儒家道统传承人自命的大儒韩愈，对伦理道德的理论问题也并没有说清楚。他那一篇著名的文章《原道》一开头就说：

> 博爱之谓仁，行而宜之之谓义，由是而之焉之谓道，足乎己勿待于外之谓德。

句子读起来铿锵有力，然而他想什么呢？他只有对“仁”字下了一个“博爱”的定义？而这个定义也是极不深刻的。此外几乎全是空话。“行而宜之”的“宜”意思是“适宜”，什么是“适宜”呢？这等于没有说。“由是而之焉”的“之”字，意思是“走”。“道”是人走的道路，这又等于白说。至于“德”

字，解释又是根据汉儒那一套“德者得也”，说了仍然是让人莫名其妙。至于其他朝代的其他儒家学者，对仁义道德的解释更是五花八门，莫衷一是。我不是伦理学者，现在也不是在写中国伦理学史，恕我不再一一列举了。

我在上面极其概括地讲了从先秦一直到韩愈儒家关于仁义道德的看法。现在，我忽然想到，我必须做一点必要的补充。我既然认为，处理好天人关系在道德范畴内居首要地位，就必须探讨一下，中国古代对于这个问题是怎样看的。换句话说，我必须探讨一下先秦时代一些有代表性的哲学家对天、地、自然等概念是怎样界定的。

首先谈“天”。一些中国哲学史家认为，在春秋末期哲学家们争论的主要问题之一是“天”是不是有人格有意志的神？这些哲学家大体上可以分为两个阵营：一个阵营主张不是，他们认为天是物质性的东西，就是我们头顶的天。这可以老子为代表。汉代《说文解字》的“天，颠也，至高无上”，可以归入此类。一个阵营的主张是，他们认为天就是上帝，能决定人类的命运，决定个人的命运。这可以孔子为代表。有一些中国哲学史袭用从苏联贩卖过来的办法，先给每一个哲学家贴上一张标签，不是唯心主义，就是唯物主义，把极端复杂的思想问题简单化了。这种做法为我所不取。

老子《道德经》中在几个地方都提到天、地、自然，等等。他说：

人法地，地法天，天法道，道法自然。（二十五章）

在这一段话里老子哲学的几个重要概念都出现了。他首先提出“道”这个概念，在他以后的中国哲学史上起着重要的作用。这里的“天”显然不是有意志的上帝，而是与“地”相对的物质性的东西。这里的“自然”是最高原则。老子主张“无为”，“自然”不就是“无为”吗？他又说：

天地不仁，以万物为刍狗。（五章）

明确说天地是没有意志的。他又说：

道之尊，德之贵，夫莫之命而常自然。（五十一章）

道德不发号施令，而是让万物自由自在地成长。总而言之，老子认为天不是神，而是物质的东西。

几乎可以说，与老子形成对立面的是孔子。在《论语》中有许多讲到“天”的地方。孔子虽然说“子不语怪力乱神”，但是，在他的心目中是有神的，只不过是“敬鬼神而远之”而已。“天”在孔子看来也是有人格有意志的神。孔子关于“天”的话我引几条：

天何言哉！四时行焉，百物生焉，天何言哉！

天之将丧斯文也，后死者不得与于斯文也；天之未丧斯文也，匡人其如予何！

天生德于予，桓魋其如予何！

孔子还提倡“天命”，也就是天的意志，天的命令。自命为孔子继承人的孟子，对“天”的看法同孔子差不多。他有一段常被征引的话：

故天之将降大任于斯人也，必先苦其心志，劳其筋骨，饿其体肤，空乏其身，行拂乱其所为。所以动心忍性，曾益其所不能。

在这里，“天”也是一个有意志的主宰者。

也被认为是儒家的荀子，对“天”的看法却与老子接近，而与孔孟迥异其趣。他不承认天是有人格有意志的最高主宰者。有的哲学史家说，荀子直接把“天”解释为自然界。我个人认为，这是非常重要也非常正确的解释。荀子主要是在《天论》中对“天”做了许多唯物的解释，我不去抄录。我想特别提出“天养”说：“财非其类以养其类，夫是之谓天养。”意思是说人类利用大自然养活自己。这也是很重要的思想。多少年前我曾写过一篇论文《天人合一新解》，我当时没有注意到荀子对“天”的解释，所以自命为“新解”，其实并不新了。荀子已先我二千多年言之矣。我的贡献在于结合当前世界的情况，把“天人合一”归入道德最高标准而已。这一点我在上面讲天人关系一节中已经讲到，请读者参阅。

我在上面只讲了老子、孔子、孟子和荀子。其他诸子对“天”的看法也是五花八门的。因为同我要谈的问题无关，我不一一论列。我只讲一下墨子，他认为“天”是有意志的，这同儒家的孔孟差不多。

我的补充解释就到此为止。

尽管荀子对“天”的认识已经达到了很高的水平，但是支配中国思想界的儒家仍然是保守的。我想再回头分析一下上面已经提到过的格、致等八个层次。前五项都与修身有关，后三项则讲的是社会关系，没有一项是天人关系的。这是什么原因呢？根据我个人肤浅的看法，先秦儒家，大概同一般老百姓一样，觉得天离开人们远，也有点恍兮惚兮，不容易捉摸，而人际关系则是摆在眼前的，时时处处都会碰上，不注意解决是不行的。我们汉族是一个偏重实际的民族，所以就把注意力大部分用在解决社会关系和个人修身上面了。

几千年来，在中国的封建社会中，有很多形成系列的道德教条，什么仁、义、礼、智、信，什么孝、悌、忠、信、廉、耻，如此等等，不一而足。每一个人在社会中的地位也排列得井井有条，比如五伦之类。亲属间的称呼也有条不紊，什么姑夫、舅父、表姑、表舅，等等，世界上哪一种语言也翻译不出来，甚至在当前的中国，除了年纪大的一些人以外，年轻人自己也说不明白了。《白虎通》的三纲、六纪，陈寅恪先生认为是中国文化的精义之所寄，可见中国这一些处理社会关系的准则在他心目中的重要地位了。

上面讲的是社会关系和个人修身问题。至于天人关系，除了先秦诸子所讲的以外，中国历代还有一种说法，就是所谓“天子”，说皇帝是上天的儿子。这种说法对皇帝和臣民都有好处。皇帝以此来吓唬老百姓，巩固自己的地位。臣下也可以适当地利用它来给皇帝一点制约，比如利用日蚀、月蚀、彗星出现等“天变”来向皇帝进谏，要他注意修德，要他注意自己的行动，这对人民多少有点好处。

把以上所讲的归纳起来看，本文中所讲的三个关系，第二个关系社会关系和第三个个人修身问题，人们早已注意到了，而且一贯加以重视了。至于天人关系，虽也已注意到，但只是片面讲，其间的关系则多所忽略，特别是对大自然能够报复则认识比较晚，这情况中西皆然。只是到了西方产业革命以后，西方科技发展迅猛，人们忘乎所以，过分相信“人定胜天”的力量，以致受到了自然的报复，才出现了恩格斯所说的那种情况。到了今天，世界上一些有识之士，其中包括一些国家领导人，如梦初醒，惊呼“环保”不止。然而，从世界范围来看，并不是每个人都清醒够了，污染大气、破坏生态平衡的举动仍然到处可见，我个人的看法是不容乐观。因此我才把处理好天人关系提高到伦理道德的高标准来加以评断。

从一部人类发展前进的历史来看，三个关系的各自的对立面并不是固定不变的，而是变动不居的，因此制约这些关系的伦理道德教条也不可能一成不变。各个时代，各个民族，各个国家，情况不一，要求不一，道德标准也不可能统一。因此，我们必须提出，对过去的道德标准一定要批判继承。过去适用的，今天未必适用；今天适用的，将来未必适用。在道德教条中有的寿命长，有的寿命短。有的可能适用于全人类，有的只能适用于某一些地区。适用于一切时代，一切地区，万古长青的道德教条恐怕是绝无仅有的。

文章已经写得很长，必须结束了。我再着重说明一下，我不是伦理学家，没有研究过伦理学史。我只是习惯于胡思乱想。我常感觉到，中国以及世界上道德教条多如牛毛，如粒粒珍珠，熠熠闪光。可是都有点各自为政，不相贯联。我现在不揣冒昧提出了一条贯串众珠的线，把这些珠子穿了起来。是否恰当？自己不敢说。请方家不吝教正。

二〇〇一年五月二十五日

糊涂一点，潇洒一点

最近一个时期，经常听到人们的劝告：要糊涂一点，潇洒一点。

关于第一点糊涂问题，我最近写过一篇短文《难得糊涂》。在这里，我把糊涂分为两种：一个叫真糊涂；一个叫假糊涂。普天之下，绝大多数的人，争名于朝，争利于市。尝到一点小甜头，便喜不自胜，手舞足蹈，心花怒放，忘乎所以。碰到一个小钉子，便忧思焚心，眉头紧皱，前途黯淡，哀叹不已。这种人滔滔者天下皆是也。他们是真糊涂，但并不自觉。他们是幸福的、愉快的，愿老天爷再向他们降福。

至于假糊涂或装糊涂，则以郑板桥的“难得糊涂”最为典型。郑板桥一流的人物是一点也不糊涂的，但是现实的情况又迫使他们非假糊涂或装糊涂不可。他们是痛苦的。我祈祷老天爷赐给他们一点真糊涂。

谈到潇洒一点的问题，首先必须对这个词进行一点解释。这个词圆融无碍，谁一看就懂，再一追问就糊涂。给这样一个词下定义，是超出我的能力的。还是查一下词典好。《现代汉语词典》的解释是：“（神情、举止、风貌等）自然大方、有韵致，不拘束。”看了这个解释，我吓了一跳。什么“神情”，什么“风貌”，又是什么“韵致”，全是些抽象的东西，让人无法把握。这怎么能同我平常理解和使用的“潇洒”挂上钩呢？我是主张模糊语言的，现在就让“潇洒”这个词模糊一下吧。我想到中国六朝时代一些当时名士的举动，特别是《世说新语》等书所记载的，比如刘伶的“死便埋我”，什么雪夜访戴，等等，应该算是“潇洒”吧。可我立刻又想到，这些名士，表面上潇洒，实际上心中如焚，时时刻刻担心自己的脑袋。有的还终于逃不过去，嵇康就是一个著名的例子。

写到这里，我的思维活动又逼迫我把“潇洒”，也像糊涂一样，分为两类：一真一假。六朝人的潇洒是装出来的，因而是假的。

这些事情已经俱往矣，不大容易了解清楚。我举一个现代的例子。20世纪30年代，我在清华读书的时候，一位教授（姑隐其名）总想充当一下名士，潇洒一番。冬天，他穿上锦缎棉袍，下面穿的是锦缎棉裤，用两条彩色丝带把棉裤紧紧地系在腿的下部。头发也故意不梳得油光发亮。他就这样飘飘然走进课堂，顾影自怜，大概十分满意。在学生们眼中，他这种矫揉造作的潇洒，却是丑态可掬，辜负了他的一番苦心。

同这位教授唱对台戏的——当然不是有意的——是俞平伯先

生。有一天，平伯先生把脑袋剃了个精光，高视阔步，昂然从城内的住处出来，走进了清华园。园中几千人中，这是唯一的精光脑袋，见者无不骇怪，指指点点，窃窃私议，而平伯先生则全然置之不理，照样登上讲台，高声朗诵宋代名词，摇头晃脑，怡然自得。朗诵完了，连声高呼："好！好！就是好！"此外再没有别的话说。古人说"是真名士自风流"。同那位教英文的教授一比，谁是真风流，谁是假风流；谁是真潇洒，谁是假潇洒，昭然呈现于光天化日之下。

这一个小例子，并没有什么深文奥义，只不过是想辨真伪而已。

为什么人们提倡糊涂一点，潇洒一点呢？我个人觉得，这能发扬人们"和为贵"的精神，大大地有利于安定团结。

写到这里，这一篇短文可以说是已经写完了。但是，我还想加上一点我个人的想法。

当前，我国举国上下，争分夺秒，奋发图强，巩固我们的政治，发展我们的经济，期望能在预期的时间内建成名副其实的小康社会。哪里容得半点糊涂、半点潇洒！但是，我们中国人一向是按照辩证法的规律行动的。古人说："文武之道，一张一弛。"有张无弛不行，有弛无张也不行。张弛结合，斯乃正道。提倡糊涂一点，潇洒一点，正是为了达到这个目的的。

图书在版编目（CIP）数据

不完满，才自在 / 季羡林著. -- 北京 : 北京联合出版公司，2020.12（2022.5重印）

ISBN 978-7-5596-4472-5

Ⅰ. ①不… Ⅱ. ①季… Ⅲ. ①散文集－中国－当代 Ⅳ. ①I267

中国版本图书馆CIP数据核字（2020）第142525号

不完满，才自在

作　　者：季羡林
出 品 人：赵红仕
责任编辑：管　文
封面设计：朱　琳

北京联合出版公司出版
（北京市西城区德外大街83号楼9层　100088）
河北鹏润印刷有限公司印刷　新华书店经销
字数168千字　840毫米×1194毫米　1/32　8.5印张
2020年12月第1版　2022年5月第5次印刷
ISBN 978-7-5596-4472-5
定价：55.00元
